교육과정 설계자이며 최종 실천자인 교사여

교사 교육과정을 DIY하라

들어가는 글

사실 교사 교육과정은 좋은 수업에 대한 이야기다.

교사 교육과정은 수업을 보는 안목을 넓힌다. 차시 수업 목표에서 벗어나 성취기준을 보고, 한 학기와 학급의 한해살이를 조망하며 파편처럼 흩어진 수업을 연결하여 생명력을 부여하는 것이다. 꿰어지지 않은 수업이란 구슬을 교사의 교육관과 목표를 중심으로 엮어낸다. 좋은 수업을 위해 목표, 내용, 방법, 평가를 연결하여 아이들의 성장을 체계적으로 지원한다. 단위 수업 계획을 넘어 한 단원 때론 한 학기 수업 계획을 우리 반 아이들의 앎과 삶에 맞추어 DIY하는 교사 교육과정은 좋은 수업을 바라보는 관점의 전환이다.

그리고 교사 교육과정은 우리 반 아이들에 대한 이야기다.

교사는 우리 반 아이들이 함께 모여 만들어낸 관계와 특성을 고려하여 맞춤형 교육과정을 설계하고 적용한다. 교사 교육과정은 교사의 세심한 관찰과 관심을 바탕으로 우리 반 아이들에게 가장 좋은 것을 주고자 만들어진 사랑과 열정의 결정체다. 그래서 교사 교육과정에는 우리 반 아이들의 앎과 삶이 담긴다. 국가, 지역, 학교 수준에서 담아내지 못한 생생한 아이들의 이야기를 교사 교육과정은 다채롭게 만들어 낸다.

끝으로 교사 교육과정은 교사에 대한 이야기다.

　교사는 수업을 존재 의미로 삼는다. 교사의 전문성은 수업에서 비롯된다. 교사 전문성의 폭과 깊이를 더하기 위해 교사 교육과정은 반드시 필요하며 이는 필연적으로 교사의 존재 의미를 확장시킨다. 교사 교육과정을 통해 교사는 의도한 교육적 목표를 달성한다. 우리 반 아이들의 앎과 삶을 교사 교육과정의 목표에 맞추어 길러낼 수 있는 것이다. 이러한 이유로 교사는 전문가로 인정받기에 손색이 없다. 수업, 평가, 학급경영, 생활지도 등 교실에서 이루어지는 모든 교육활동은 교사 교육과정으로 수렴한다. 따라서 교사 교육과정은 교사 전문성의 핵심이며 교사 그 자체이다.

　지금부터 우리들의 교사 교육과정 이야기를 함께 만나보자.

산양 초등학교 풍화분교장

교사 김현우

010-6710-4193

목차

이 교육과정은 초·중등교육법 제23조 제1항[2]에 의거하여 고시한 것으로, 초·중등학교 교육 목적과 교육 목표를 달성하기 위한 교사 수준의 교육과정이며, 초·중등학교에서 편성·운영하여야할 교사 교육과정의 방향을 제시한 것이다.

이 교육과정의 성격은 다음과 같다.

가. 국가 수준의 공통성과 지역, 학교, 교사, 학생 수준의 다양성을 동시에 추구하는 교육과정이다.

나. 학습자의 자율성과 창의성을 신장하기 위한 학생 중심의 교육과정이다.

다. 교사의 자율성과 전문성을 신장하기 위한 교사 중심의 교육과정이다.

---

1) 초·중등학교 교육과정의 성격 부분을 필자의 의도를 담아 교사 교육과정에 적합하게 각색하여 제시하였다.
2) 제23조(교육과정 등) ① 교사와 학교는 교육과정을 운영하여야 한다.
(초·중등교육법 23조 1항에서, 교육과정 만큼은 교사의 전문성과 자율성을 인정하는 그날을 기대하며 교사를 주어로 추가하였다. 책의 의도를 반영하여 수정·편집된 법 조항임을 밝힌다)

라. 미래사회 변화에 대응하여 학습자의 역량을 신장시키는 맞춤형 교육과정이다.

마. 학교와 교육청, 지역사회, 교원·학생·학부모가 함께 실현해 가는 교육과정이다.

바. 학교 교육 체제를 교사 교육과정 중심으로 구현하기 위한 교육과정이다.

사. 교사의 역량을 관리하고 신장하기 위한 교육과정이다.

교육과정의 이해

오늘날 학교에서 이루어지는 **교육과정은 학생이 경험하는 총체 또는 학교가 제공하는 경험의 총체**라는 광의의 의미로 정의해 볼 수 있다. 그렇지만 학교에서 계획하고 실천하는 교육과정은 의도적이고 계획적인 행위라고 할 수 있다. 이러한 의도적이고 계획적인 행위는 달성하고자 하는 교육 목적 및 목표를 포함한다.

즉, 학교에서 계획하고 실천하는 교육과정은 학교의 교육 목적 및 목표를 달성하기 위해 교육 내용 또는 학습 경험을 선정하고 조직하고 실천하고 평가하는 제 행위를 가리키는 것이라고 할 수 있다.

따라서 의도적이고 계획적인 학교 교육에 적용하고자 하는 교육과정은 '**교육 목표와 경험 혹은 내용, 방법, 평가를 체계적으로 조직한 교육 계획**' 으로 정의할 수 있다.

(2015 개정 교육과정 총론 해설서 3쪽)

위 총론 해설서에 제시된 교육과정에 대한 의미를 바탕으로 '교사 교육과정'이 지닌 정체성을 다음과 같이 추론해볼 수 있다.

① 교사가 계획하고 실천하는 교사 교육과정은 의도적이고 계획적인 행위이며 교육 목적과 목표를 포함

② 교사의 교육 목표와 경험 혹은 내용, 방법, 평가를 체계적으로 조직한 교육 계획

③ 학교에서 계획하고 실천하는 교사 교육과정은 국가·지역·학교의 교육 목적 및 목표 달성에 기여

④ 교사가 계획하고 실천하는 교사 교육과정은 교사의 교육 목적 및 목표를 달성하기 위해 교육 내용 또는 학습 경험을 선정하고 조직하고 실천하고 평가하는 제 행위를 가리키는 것

추론 내용을 바탕으로 '교사 교육과정'의 정체성을 다음과 같이 도식화 할 수 있다.

[교사 교육과정의 정체성]

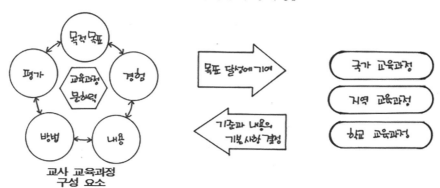

1부

교사 교육과정,

가치를 발견하다

1부

교사 교육과정,
가치를 발견하다

우리는 우리가 하는 일의 가치를 잘 모르고 있다.

대부분의 교사들은 자신의 가르침이 평생토록 아이들의 생각과 인격, 말과 행동에 영향을 줄 수 있다는 사실을 무겁게 받아들이지 않는다.

교사가 의도했든 그렇지 않든 아이들에게 영향을 끼치는 교사로부터 비롯된 교육활동을 아울러 '교사 교육과정'이라 볼 수 있는데, '교사 교육과정'은 아이들의 배움과 삶을 가꾸는데 결정적인 역할을 한다. 또한 교사 교육과정은 아이들의 앎과 삶에 깊이 스며든다. 하지만 안타깝게도 교사 교육과정의 가치와 중요성을 인식하는 교사는 많지 않다. 교사 교육과정의 존재 자체에 관심이 없는 경우도 있다.

가치 있는 것을 충분히 가치 있게 인식하는 것에서부터 교사 교육과정은 시작된다.

01

학교에서
마지막까지
살아남을 것에 대하여

언젠가 그런 상상을 한 적이 있다. 학교 교육에서 가장 중요한 것만 남기고 불필요한 모든 것들을 시원하게 덜어낸다면, 마지막에 무엇이 남을까?

교육이 아닌 것, 교육으로 가장하여 교묘하게 우리 곁에 스며들어 발목을 붙잡는 모든 것들을 날려버리고, 교육의 본질과 정수에 다가가기 위해 한 가지만 오롯이 남긴다면, 우리는 무엇과 대면하게 될까?

물론, 아이들은 있어야 한다. 최근 급격한 출산율 저하로 공교육 생존 조건이 아이들 그 자체임을 실감하고 있지만, 이번 논의에서 아이들은 제외다. 즉 아이들을 교육하기 위해 학교 교육에서 남겨야 할 가장 중요한 한 가지를 말하는 것이다. 이미 짐작했겠지만, 그것은 바로 교사 교육과정이다. 4차 산업혁명으로 인공지능로봇이 보편화되고, 저출산·고령화로 사회 구조가 급격히 변하더라도, 학교 교육활동에서 마지막까지 살아남아야 하는 것은 교사 교육과정이다. 아이들의 삶에 깊이 공감하고 따뜻한 관계를 맺으며, 꿈과 비전에 적합한 맞춤형 교육과정을 설계하고 가르칠 수 있는 가장 본질적인 교육활동은 교사 교육과정을 통해 가능하기 때문이다.

물론 학교 교육과정도 중요하다. 하지만 학교 교육과정으로 아이들을 직접 가르칠 수는 없는 노릇이다. 학교 교육과정에는 교실에서 왜, 무엇을, 어떻게 가르쳐야하는지 상세히 제시하고 있지 않다. 국가 교육과정도 마찬가지다. 기준과 방향을 제시하고 있을 뿐이다.

여기 집을 짓는 사람이 있다. 편안하고 안락한 집을 짓기 위해 먼저 터를 닦고, 기반 공사를 시작한다. 그리고 견고한 기둥을 세우고, 벽과 지붕을 올린다. 지금은 덜하지만 사회교과서에 나오듯이 벽과 지붕의 형태는 지역 환경에 따라 조금씩 달라질 수 있겠다. 벽과 지붕을 올리고 나니 제법 집의 형태가 보인다. 그럼 이제 집에서 편안하고 안락한 생활을 누릴 수 있을까?

아니다. 아직 우리가 생각하는 편안한 집은 완성되지 않았다. 그럴듯한 외관이지만 차가운 시멘트 바닥에서 잘 수는 없는 노릇이다. 실내 공간을 나눠야 하고, 나눠진 실내 공간을 사는 사람의 취향과 생활 방식에 맞게 인테리어하는 일이 남아 있다. 벽지를 바르고, 바닥을 깔고, 싱크대와 소파, 여러 가지 필요한 가구나 아기자기한 장식품들을 배치해야 한다.

교사 교육과정은 아이들이 살아갈 집을 설계하고 인테리어하는 일과 유사하다. 국가 교육과정의 터전 위에 지역 교육과정의 벽과 지붕이 올라가고, 학교 교육과정은 공동체 협의를 통해 집의 큰 공간을 나눈다. 이제 나누어진 공간을 편안하고 아늑한 집으로 꾸미는 역할은 사는 사람, 즉 교사와 학생의 몫이다. 실제로 집에서 생활하는 사람은 교사와 학생이기 때문이다. 이처럼 함께 만들어낸 따뜻한 공간에서 앎과 삶을 가꾼다. 교사는 자신만의 교육관을 가지고 배움이 일어나는 공간을 디자인하고 그 속에서 아이들과 함께 앎과 삶을 빚어간다. 그것은 학급을 운영하는 교사만이 가지는 유일한 권한이기 때문이다. 이처럼 교사가 학급의 한해살이를 계획하고 실천하는 모든 교육활동을 아울러 교사 교육과정이라 할 수 있다.

처음부터 완벽하게 꾸밀 수는 없다. 처음 계획하고 꾸몄던 공간은 살면서 얼마든지 바뀔 수 있다. 살아보니 불편한 점이 있다면 가구 배치를 달리할 수 있고, 불필요한 것들을 버릴 수도 있다. 하지만 처음부터 끝까지 시멘트 바닥에서 잘 수는 없다. 바깥에서 보면 그럴듯한 집이지만 교사가 교육관을 가지고 꾸미지 않은 집은 실제론 아늑한 집이 아니다. 속 빈 강정에 불과하다. 아늑하고 편안한 집은 교사의 능력과 경험, 열정과 성실함이 만들어낸 최종 결과물이다. 그래서 교사 교육과정을 준비하는 시간이 필요하고, 의지가 필요하다. 급하게 맞춘 진도표로 채워진 교육과정은 진정한 의미의 교사 교육과정이 아니다. 안타깝게도 그러한 집에서는 따뜻함도 아늑함도 느낄 수 없다.

국가, 지역, 학교 교육과정의 최종 종착점은 교실에서 이루어지는 교육활동이다. 모든 교육 계획은 결국 교사 교육과정을 통해 실체를 드러내기에, 교사 교육과정은 교육의 현실이고, 지향점이다. 지침과 문서가 현실이 되는 마법은 교사 교육과정을 통해 일어난다. 불필요한 것들을 덜어내고 교육이 아닌 것들을 걷어내어 미래지향적인 교육과정을 추구할수록 교사 교육과정은 제 가치를 증명하며 마법처럼 학교 교육을 바꿔갈 것이다.

[아이들의 앎과 삶을 가꾸는 교사 교육과정 D · I · Y]

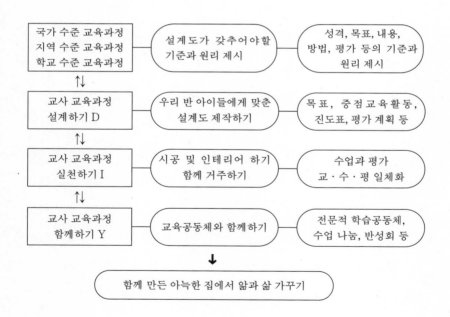

 학교에서 이루어지는 교육 활동 중 무엇이 가장 중요할까?

두말할 필요 없이 교실에서 이루어지는 일상적인 수업이다. 조금 넓게 보자면 바로 교사 교육과정이라 할 수 있다. 국가와 학교 교육과정도 교사 교육과정이 있기에 의미가 있는 것이다. 국가와 학교 교육과정을 설계도에 비유한다면, 교사 교육과정은 바로 설계도를 바탕으로 직접 집을 만들고 살만한 공간으로 가꾸어 가는 것과 같다. 이러한 교사 교육과정은 실천적이고 역동적이며 구체적인 속성을 갖는다.

 국가, 지역, 학교, 교사 교육과정의 건강한 관계는?

법은 도덕의 최소한이다. 법적인 구속력이 있는 국가 교육과정은 공교육의 공통성과 일관성 확보를 위한 최소한의 기준과 지침을 담고 있다. 지역 교육과정은 국가 교육과정의 기준과 지침을 바탕으로 지역의 특색과 요구를 포괄한다.(초중등교육법

23조 2항) 학교 교육과정은 국가와 지역의 기준과 지침, 특색과 요구를 바탕으로 학교만의 교육 비전, 철학과 가치, 목표와 중점 과제를 반영한 학교 교육과정을 구성한다. 이러한 체계를 지역화, 분권화, 자율화라는 용어를 사용하여 설명하기도 한다.

우리나라의 국가 교육과정은 단 하나이다. 지역 교육과정은 17개이다. 초등학교 교육과정은 분교를 포함한 6,064개이고 교사 교육과정(전국 초등교사 수)은 151,840개이다. (2018. 교육통계연보 기준) 15만여 개의 교사 교육과정은 6천 개의 학교 교육과정을 포괄할 뿐만 아니라 17개의 지역 교육과정과 하나의 국가 교육과정도 아우른다. 151,840명의 교사와 교사 교육과정이 살아날 때 교육도 함께 살아날 것이다. 각 교육과정의 완성도와 질적 차이는 분명 존재하지만 그렇다고 교육과정으로 대접받지 못할 이유는 없다. 아이들은 저마다 생김새가 다르고 성격도 다르고 각자의 고유한 존재 가치가 있듯이, 아이들 한 명 한 명을 품는 교사 교육과정은 질적 완성도를 떠나 그 자체로 충분한 가치가 있으며 다양성에 뿌리 내리고 있기에 존중 받아야 한다.

교육과정의 수준

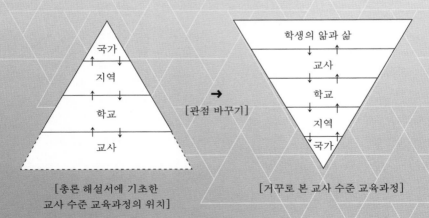

[총론 해설서에 기초한
교사 수준 교육과정의 위치]   [거꾸로 본 교사 수준 교육과정]

의도하진 않았겠지만, 좌측 그림은 다분히 위계적이고 수직적으로 느껴진다. 피라미드 구조는 기본적으로 권력성을 갖고 있기 때문이다. 우리는 교과서에서 신라의 골품제와 삼국시대 신분제를 나타낼 때 피라미드 구조를 접한다. 생태계 먹이사슬, 인도의 카스트제도 나타낼 때도 사용된다. 좌측 그림의 화살표가 상하 간 상호작용의 가능성을 나타내고 있지만, 우리가 잘 알고 있듯이, 실제 교육 현실은 그렇지 못하다. 좌측 그림이 권위적으로 보이는 데는 다 이유가 있다.

우측 그림은 교사 교육과정의 가치와 중요성을 인정하고 국가, 지역, 학교, 교사 교육과정의 바람직한 관계를 지향한다. 학교 교육과정을 넘어 교사 수준 교육과정의 실체를 인정하고 있다. 학생의 앎과 삶에 맞닿아 직접 영향을 끼치는 교육과정은 바로 교사 수준 교육과정이다. 더불어 학생의 앎과 삶은 교육이 지향하는 최종 목표이므로 국가, 지역, 학교 그리고 교사 수준 교육과정의 견고한 터 위에 세워져야 한다.

02

사랑하면
알게되고
알게되면
보이나니

사랑하면 알게 되고 알게 되면 보이나니
그때 보이는 것은 전과 같지 않더라

유홍준

    사랑하면 평소에 보이지 않던 것들이 보이기 시작한다. 평소 무심코 흘려보낼 말 한마디에서도 상대의 의중을 파악하고 작은 몸짓에도 큰 의미를 부여한다. 이는 상대를 깊이 알 수 있게 만든다. 사랑해 보았다면 누구나 쉽게 공감할 수 있으리라.

    교사에게 필요한 자질 중 으뜸은 사랑하는 마음이다.

    우리 반 아이들을 사랑하는 마음, 있는 그대로 용납하고 받아들일 수 있는 넉넉함과 기다림, 싫은 것도 참고 기다려주는 인내, 이 모든 것들은 교사가 아이들을 사랑하기에 가능한 일이다.

아이들을 사랑하는 마음은 아이들을 더 잘 알게 만든다. 무심코 던진 말 한 마디, 일기장에 써 놓은 소소한 이야기, 수업 중 머뭇거리는 지점, 두려움을 극복하고 용기를 내었던 장면 등 사소한 말과 행동이 아이들에 대한 이해의 폭과 깊이를 더하게 한다. 즉 아이들을 향한 사랑이 아이들을 더 잘 이해하고 알게 만드는 것이다. 사랑하면 알게 되고, 알게 되면 보이지 않던 것들이 보인다는 구절은 교사의 삶으로 충분히 증명된다.

사랑에서 비롯된 아이들에 대한 앎, 알기 때문에 볼 수 있는 안목, 이러한 앎과 안목은 교사 교육과정을 구성하는 밑바탕이다. 사랑하면 알게 되고 알게 되면 보이며, 이때 알게 된 것과 보이는 것은 아이들을 위한 교사 교육과정의 기초를 세우고 세밀한 설계와 지속적인 실행을 가능하게 하는 원동력이 된다.

관계의 어려움을 겪는 아이들에게 회복을 위한 수업을 준비하는 것도, 수학을 두려워하는 아이들에게 놀이와 체험 중심 수업으로 배움의 문턱을 낮추어 주는 것도, 아이의 관심과 흥미를 포착하여 미래의 꿈과 연결하는 다리를 만들어 주는 것도, 아이들을 알고 이해하고 있는 교사에 의해 설계된 수업을 통해 가능하다. 교사는 우리 반 아이들을 사랑하고, 가장 잘 알고 이해하며, 이를 바탕으로 가장 적합한 교사 교육과정을 설계할 수 있는 열쇠를 쥐고 있다.

따라서 교사의 사랑과 앎에 뿌리내린 맞춤형 교사 교육과정은 아이들에게 최선의 교육을 제공할 수 있다. 아이들을 가장 잘 아는 교사로부터 설계되었기 때문이다. 아이들을 사랑하는 교사로부터 시작되었기 때문이다. 서로 다름을 용납하는 교육과정이 된다. 실력 차이를 극복하는 교육과정이 된다. 아이들 각각을 온전히 세워가는 교육과정이 된다. 배움의 용기를 주고 성취의 만족을 제공하는 교육과정이 된다. 한마디로 교사 교육과정은 아이들 각각의 배움과 삶에 가장 최적화된 교육과정이라 할 수 있다.

"재차 말하지만 문제는 아이가 이미 참여하고 있는 활동을 간과하고 있는데 있거나 아니면 아이들의 활동이 너무나 사소하거나 무관한 것이라 교육적으로 어떤 중요성도 지니지 못한다고 가정하는데 있다"
"반면 아이의 기존 활동이 정당하게 고려되어 새롭게 가르쳐질 내용이 그 안에 들어가면 그것은 그 자체로 흥미롭게 된다"
"이러한 의미에서 교사에게 무엇보다 필요한 능력은 '관찰'이다"

- 흥미와 노력 그 교육적 의의, 존 듀이 -

사랑으로부터 비롯된 관찰은 교사 교육과정을 구성할 때 신선한 재료를 제공한다. 교사는 교실에 혼재된 일상 - 배움의 기쁨, 사소한 말 한마디, 스쳐가는 눈빛, 도움을 요청하는 몸짓, 침묵, 다툼, 갈등, 화해 등 - '관찰' 하고 그 결과를 바탕으로 창조적 상상력을 발휘한다. 교육적 의미를 담아낸다. 배움과 연결 짓는다. 이러한 일련의 과정은 교사가 갖는 고유한 전문성을 길러주며, 교사 교육과정의 본질이 된다.

교실에서 일어나는 아이들의 활동이 너무나 사소하거나 수업과 무관한 것이라 교육적으로 어떤 중요성도 지니지 못한다는 섣부른 판단을 멈추자. 일상적인 아이들의 말과 행동, 기존의 활동을 사랑을 담아 관찰하고 그 속에서 교사 교육과정을 구성하는 풍성하며 가치 있는 재료를 찾아내는 안목을 기르자. 사랑하면 알게 되고 알게 되면 보일 것이다. 알게 된 것, 보이는 것으로 우리 반 아이들에게 가장 적합한, 가장 필요한 교사 교육과정을 설계하자.

사랑	관찰	앎	교사 교육과정	성장

03

내 손으로 지은
따뜻한
밥 한 끼

가끔 교육은 농사에 비유된다. 봄에 씨앗을 뿌려 가을에 추수하기까지 농부가 하는 수고는 말로 다 할 수 없다. 우리가 가끔 사용하는 '손이 많이 간다'는 구절은 농부가 농사짓는 과정을 적절히 표현했다는 생각이 든다. 나는 비록 직접 농사를 지어 본 경험은 없지만, 아파트 작은 정원을 가꾸는 것만 해도 버거움을 느끼는 정도니, 한 해 농사의 수고와 노력은 오죽할까. 교육을 농사에 빗댄 것은 참으로 적절한 비유라는 생각이 든다.

최근 교육은, 특히 수업은, 요리에 비유할 수 있다. 요리 프로그램은 대중매체의 인기 소재다. 근래 초중고 학생들의 장래 희망에도 요리사가 자주 등장한다. 여행도 맛집 여행이 대세고 방송도 먹방의 인기가 좋다. 수많은 사람들이 요리와 음식에 남다른 관심을 쏟고 있다. 그렇다면 요리와 수업의 공통점은 무엇일까? 수업과 요리의 어떠한 속성이 서로를 하나로 묶는 것일까?

몇 가지 공통점을 알아보자.

수업   요리

 많은 사람들이 관심을 갖는 분야이다.

 매일 반복적으로 이루어지지만 매 순간이 중요하기 때문에 지치기 쉽다.

 어린이의 몸과 마음이 건강하게 성장하기 위해 없어서는 안 될 필수 요소이다.

 만드는 사람의 보이지 않은 수고, 헌신, 사랑이 깃들어 있다.

 채워도 채워도 잘 채워지지 않는다.
만족하기 어렵다.

 가장 좋은 것으로 주고 싶다.

[수업과 엄마표 요리의 공통점]

수업과 요리는 매일 반복된다. 그리고 어린이의 균형 잡힌 성장을 돕는다. 하지만 대체로 만족하기 어렵고 만드는 사람의 보이지 않는 헌신과 수고를 필요로 한다. 현실이 이렇다 보니 수고를 덜어주는 쉽고 간편한 방법들이 성행하고 있는데, 우리가 잘 아는 각종 디지털 수업 사이트와 즉석 식품이 바로 그것이다. 쉽고 간편하게 한 끼 때울 수 있고, 고민하지 않아도 되며 접근성이 높아 필요에 맞게 손쉽게 활용된다. 어느 정도의 가격만 지불하면 누구나 이용할 수 있다.

디지털 수업 사이트와 즉석 식품 자체를 비난하고자 하는 것이 아님을 알고 있을 것이다. 다만 우리 아이들의 흥미와 수준, 필요와 형편에 대한 충분한 고려 없이 일방적으로 쉽고 간편하다는 이유만으로 무분별하게 활용되는 것을 경계하자는 것이다. 한창 성장기에 있는 아이들이 패스트푸드나 즉석 식품을 많이 섭취하게 된다면 어떤 일이 일어나게 될까? 건강하게 자라날 수 있을까? 우리 반 아이들의 특성을 반영하지 않고 디지털 수업 사이트나 교과서에 절대적으로 의존한 수업은 교사와 아이들을 병들게 한다. 공감 능력과 창조적 상상력을 갖춘 미래의 주인공을 길러가는 교육 목표와도 상충된다.

처음부터 잘하는 사람은 없다. 비록 시작은 부족하지만 사랑하는 마음으로 직접 내 아이의 이유식을 만드는 엄마의 마음으로 우리 반 아이들에게 꼭 필요한 수업을 만들고자 하는 노력은 어떤 형태로든 성장을 동반한다. 내 손으로 지은 따뜻한 밥 한 끼가 아이들의 몸도 마음도 성장시키는 법이다. 화려한 진수성찬은 아니더라도 사랑과 정성이 담긴, 영양소를 고루 갖춘 밥 한 끼를 내 손으로 준비하고자 하는 노력이 필요하며, 이러한 노력은 교사도 학생도 함께 성장시키는 영혼의 비타민이 되어줄 것이다. 우리 반 아이들을 생각하며 내 손으로 구성한 수업, 부족함을 채워주기 위해 세심하게 설계한 평가, 홀로서기 할 수 있도록 환경을 구조화하는 생활교육 등 교사의 사랑과 정성은 교사 교육과정에 고스란히 담긴다. 내 손으로 설계한 교육과정 재구성, 배움중심수업, 과정중심평가는 엄마의 마음으로 지어낸 따뜻한 밥 한 끼와 같다. 이러한 사랑과 정성이 쌓이고 쌓일 때 나만의 교사 교육과정이 만들어진다.

 최고의 수업으로 최선의 배움과 성장을 주고 싶은 교사의 마음과 가장 맛있고 건강한 재료를 선별하여 우리 자녀들을 먹이고 싶은 엄마의 사랑은 서로 닮아있다. 엄마의 마음으로 만든, 영양소가 고루 갖추어진 따뜻한 밥 한 끼와 아이들을 향한 사랑과 열정을 담아 교사가 직접 설계한 교사 교육과정은 많은 부분이 닮아있다.

04

교실의
문을 열고
마음의
벽을 넘어

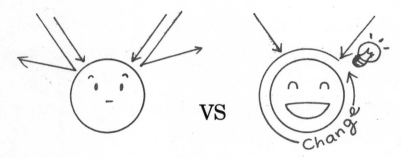

[교사의 철학과 가치로 수렴되는가?]

　우리는 흔히 교육정책이 학교의 문턱을 넘기는 쉬워도 교실의 문턱을 넘기는 어렵다고 한다. 어떤 정책은 수많은 예산과 인력을 투입하여 대대적으로 홍보하고 공문으로 학교 현장에 내려보내지지만, 현장 교사들에게 전혀 관심을 끌지 못하고 흔적 없이 사라지기도 한다. 이와 유사한 사례는 매년 반복되고 있고 지금도 여전히 그렇다. 학교와 교실의 의견이 충분히 수렴되지 않은 채 정책을 위한 정책이 수립되어 일방적인 경로를 거쳐 학교로 배송되기 때문이다. 이러한 시도의 다수가 학교의 문턱은 운 좋게 넘을 수 있을지 모르나 대부분 교실의 문을 열지 못하고 빛 좋은 개살구로 남겨진다.

위와 같은 오류를 반복하지 않기 위해, 새로운 정책 개발과 추진 과정에서 현장 교사의 의견을 충분히 수렴하여 반영해야한다. 충분한 의견 수렴을 거친 정책과 지침이라 할지라도 그 자체로 충분하지 않다. 이제는 교사의 마음을 얻는 과정이 필요하다. 충분히 설명하고 이해시켜야 한다. 교사의 마음을 얻어야 한다. 교사가 지닌 교육 철학과 가치에 통합될 수 있도록 노력을 기울여야 한다. 이러한 조건이 갖추어 질 때, 교실의 문턱을 넘을 수 있을 뿐 아니라 지속적으로 살아남아 교실의 문을 열고 아이들의 배움과 삶에 연결될 수 있다.

교사의 교육 철학과 가치에 통합된 교육정책, 새로운 교수법, 교육자료, 교육 환경, 국가·지역·학교 교육과정 등은 교사 교육과정 구성에 영향을 미친다. 교사 교육과정으로 구체화된 교사의 교육 철학과 가치, 목표와 중점교육 활동은 교실에서 수업, 평가, 학급경영, 상담, 생활 지도 등 모든 교육활동의 바탕에 녹아든다. 이때 교실에서 이루어지는 교육활동은 일관성과 지속성을 갖게 되며 아이들의 삶을 변화시키기는 힘을 갖는다.

이상의 내용을 간단히 정리하면 다음과 같다.

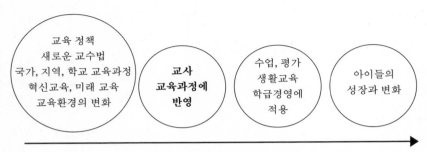

[교육적 시도가 교실의 문을 열고 아이들에게 영향을 미치는 과정]

이 과정에서 핵심은 바로 교사 교육과정이다.

모든 교육 정책은 교사 교육과정에 담긴 교사의 교육 철학과 가치, 목표, 내용, 평가를 통해 아이들의 삶과 배움에 연결될 수 있다. 교실의 문턱을 넘는다는 것은 달리 표현하자면 교사 교육과정에 반영되어 수업으로 구현된다는 의미이다.

교육의 변화는 교사로부터 시작되어 교실에서 완성된다고 믿는다. 교실에서 시작된 조용한 교육 혁명의 중심에 교사 교육과정이 있다. 수많은 교육적 시도와 혁신이 실제적인 열매를 맺기 위해, 학교와 교실의 문을 열고 아이들의 마음의 벽을 넘어 배움과 삶으로 연결되기 위해, 이제는 교사 교육과정에 주목해야 한다.

05

어깨동무
교육과정을
아시는지

"A교사는 올 해 6학년 담임을 맡았다. 작년 담임으로부터 아이들 간 사소한 다툼이 많았고 모둠활동이 잘 되지 않는다는 이야기를 전해 들었다. 평소 교우 관계, 의사소통능력, 협업능력 신장을 교사 교육과 정의 목적으로 삼고 있었던 A교사는 황금의 3월 첫 주를 놓치면 안 되 겠다는 생각을 하게 되었다. 2월을 활용하여 교육과정 관련 서적을 읽 고 공부하였고, 일주일로는 부족하다는 판단으로 3월 2주간 탄력적인 시간표를 편성하고 자율 시수와 도덕, 국어, 체육 성취기준을 활용한 40차시 프로젝트를 편성·운영하였다. 이 프로젝트는 대화법, 갈등 관리법, 나 전달법, 모둠세우기, 협력놀이, 학급 규칙 세우기 등 성취 기준과 연계한 다양한 프로그램으로 구성되었다. 이 중 '어울림 프 로그램'을 6차시 활용하였으며, 인성부에서 운영하는 '친구사랑주 간' 행사와도 통합하였다. 이 후 이러한 관계와 습관이 지속될 수 있 도록 하기 위해 교실 환경 일부를 친구들과 소통하고 나누는 공간으 로 꾸몄고, 매월 마지막 주 목요일은 자율 시수로 회복적 생활교육 써를 모임을 배정하여 학기 중 첫 마음이 지속될 수 있는 장치를 마련하였다. A교사는 이를 '어깨동무 교육과정'이라 불렀다"

A교사가 어깨동무 교육과정을 편성·운영한 과정을 도식화해보자.

우리 반 아이들 실태파악	❶ →	국가 교육과정 이해 기존 실천 사례 확인	❷ →	지역 교육과정 이해

다툼이 잦고 모둠 활동이 어려워

핵심 역량(의사소통역량, 공동체 역량)을 길러야지, 관련 지침도 확인하고, 사례도 찾아보자!

어울림 프로그램을 11차시 이상 편성 하라는 지침이 있었지!

❸ →	학교 교육 과정의 이해	❹ →	어깨동무 교육과정 편성	❺ →	어깨동무 수업 실천

담임 재량 자율활동 시수를 활용해야지! 3월 친구 사랑 주간과도 연계하고!

팀세우기, 협력놀이 활동 등을 성취기준과 연계한 소통과 협업 능력을 길러 주는 집중 프로그램을 구성하자!

2주간 집중 프로그램을 운영해보니 효과가 좋군! 3월 이후에도 매월 마지막 주 목요일은 어깨동무 수업을 해야지!

❶~❺번 과정 중 몇 번에서 실제적인 교육과정 개발이 이루어졌을까? 어떤 과정에서 교사가 창조적인 상상력과 역량을 집중하였으며, 교육 내용과 방법의 질적인 도약이 있었다고 보는가? 교실에서 아이들은 어떤 과정의 결과와 마주하게 되는가?

어깨동무 교육과정의 개발 과정, 즉 교사 교육과정의 구성 과정에서 가장 중요한 지점은 ❹, ❺번 과정이다. ❶~❸번 과정, 즉 국가·지역·학교 교육과정을 읽고 이해하며 교실에서의 적용점을 탐색하는 과정에서 필요한 능력을 우리는 흔히 '교육과정 문해력'이라 부른다.

교육과정 문해력을 바탕으로 아이들을 고려한 맞춤형 교육과정의 알맹이를 채우고 활동지를 구성하고 평가 도구를 개발하며 교실에서 실천하는 실제적인 과정은 ❹, ❺번에서 결정된다. 이 과정이 바로 교사 교육과정을 구성하고 실천하는 핵심적인 과정이다.

'어깨동무 교육과정'은 교사 교육과정의 다양한 스펙트럼 중 한 장면에 불과하다. 다양한 교사 교육과정 중 하나의 이름이다. 교사라면 누구나 자신만의 '어깨동무 교육과정'을 갖게 된다. 그것의 의미와 가치를 깨닫고 있든 그렇지 않든 간에 교사에게는 교사 교육과정이 필연적으로 존재한다. 이렇게 생성된 교사 교육과정은 우리 반 아이들에게 최적화된 맞춤형 교육과정이다. 이는 배움과 삶의 성장을 이끌어 내기에 충분하다. 우리 반 아이들을 가장 잘 아는 교사에 의해 직접 설계되고 수정·발전하는 속성을 갖고 있기 때문이다.

06

우리의
시선을
어디에
둘 것인가

수업, 평가, 학급경영
교사 교육과정 등

관행적 업무, 갈등,
관행, 부조리 등

교육인 것

교육이 아닌 것

교사 교육과정에 집중하다보면 자연스럽게 교육이 아닌 것들과 멀어질 수 있다. 우리의 시선이 수업, 평가 학급경영 등 가장 교육다운 것에 머물러 있을 때, 학교에서 발목을 붙잡는 것들로부터 자유로울 수 있게 된다. 빛에 가까이 갈수록 어두움과 자연스럽게 멀어지는 것과 같은 효과다.

물론 잘못된 것들을 직접적으로 교정하고 바로잡기 위한 노력도 필요하다. 때론 논쟁과 갈등을 불사하고서라도 불합리한 문화와 관행에 저항할 때도 있어야 한다. 하지만 우리는 학교 교육활동의 본질적 가치를 구현하는 교사 교육과정에 집중하다보면, 자연스럽게 불필요한 것들이 덜어지는 효과를 가져다준다는 사실을 깨달을 필요가 있다. 나는 학교의 불합리한 관행에 저항하고 덜어내기에 집중하면서 그 자체를 목적으로 삼는 경우를 종종 목격했다. 덜어냄은 채움을 위한 전제조건임을 간과한 것이다. 무엇을 채울지에 대해 집중하다보면 자연스럽게 덜어낼 것들이 보이고, 채우기 위해 덜어내게 되며, 덜어낸 자리에 의미 있는 것, 교육적인 것들로 채울 수 있게 된다.

한편 교사 교육과정을 지향하는 것은 업무 중심의 학교 문화와 운영 시스템을 '수업 중심, 교사 중심, 학생 중심'으로 바꾸는 작업이다. 교실 수업을 중심으로 전개되는 교사 교육과정을 학교 문화의 중심에 둠으로써 기타 모든 업무와 교육활동은 교사 교육과정을 중심으로 재구조화 될 수 있다. 이러한 재구조화는 궁극적으로 학생의 배움과 성장에 직결된다.

돌이켜보면 학교에서 생기는 많은 문제들은 우선순위의 문제였다. 달리 표현하자면 시선의 문제였다.

전문적 학습공동체에 참여할 것인가 업무를 처리할 것인가, 학예회 연습을 할 것인가 수업을 할 것인가, 활동지를 만들 것인가 다운받아서 사용할 것인가 등 무엇을 교사의 우선순위에 두는가에 따라 결정되는 문제가 많았다.

나는 우리의 시선을 교사 교육과정에 둠으로써 교사 교육과정이 다양한 선택의 상황에서 선명한 기준이 되면 좋겠다. 학교의 수많은 교육활동이 교사 교육과정의 관점에서 선택되고 실현되는 그 날을 기대해본다. 학교의 우선순위는 언제나 아이들이어야 하고, 교사 교육과정은 아이들 한 명 한 명의 삶과 배움에 맞닿아 있다. 때문에 결정의 순간에 학교의 우선순위를 언제나 아이들과 교사 교육과정에 두어야할 것이다. 우선순위를 교사 교육과정에 두는 것이 보편적인 학교 문화가 된다면, 지금껏 해결되지 않았던 무수한 현장의 갈등과 문제들이 원만히 해결될 수 있으며 교사의 위상과 자긍심은 한층 높게 획득될 수 있으리라 생각한다.

2부

교사 교육과정,

교육과정 문해력으로 시작하다

2부

교사 교육과정,
교육과정 문해력으로 시작하다

Knowing Keeps us free

아는 것은 우리를 자유롭게 한다.

(워싱턴 포스트 광고)

    최근 교육과정 문해력에 대한 교사의 관심이 높아지고 있다. 교육과정에 대한 바른 이해를 기초로 수업의 다양한 재구성이 이루어질 뿐만 아니라 교수평 일체화나 교사별 과정중심평가를 위해서도 교육과정 문해력이 필요하기 때문일 것이다.

    교사 교육과정을 구성하고 실천하는데 있어서도 교사의 교육과정 문해력은 필수적이다. 상위 수준의 교육과정을 설계도에 비유한다면, 교육과정 문해력은 설계도를 바르게 읽고 해석하여 건물을 시공하는 데 까지 적용할 수 있는 능력이라 하겠다. 설계도를 바르게 읽고 해석할 수 있다면, 우리는 그 안에서 자유롭게 융통성을 발휘할 수 있게 된다. 설계도의 부족한 부분을 찾아내어 보완할 수 있을 뿐 아니라 집 주인의 생각을 반영하여 설계도를 수정 · 보완하며 집을 건축할 수도 있기 때문이다. 요컨대, 교육과정 문해력은 교육과정을 안다는 것이며, 아는 것은 우리를 여러 가지 구속에서 자유롭게 하는 힘이 있다.

01

어쩌다
교사
어쩌다
교육과정

　교육과정 문해력이 있어야만 교사 교육과정을 내실 있게 구성하고 실천할 수 있다. 교육과정 문해력은 교사 교육과정의 필요충분조건이다. 하지만 다수의 교사들이 교육과정 문해력을 기반으로 교육과정 재구성 - 배움중심수업 - 과정중심평가를 현장에서 실천하지 못하고 있는 것이 현실이다. 그 이유는 그 동안 교육과정-수업의 연결 문제를 국가가 나서서 교과서를 매개로 해결해 왔기 때문이다. 교사에게 교육과정 문해력을 바탕으로 교육과정을 수업과 직접 연결하도록 요구하지 않았다. 오히려 교사를 배제하고 교육과정과 교과서를 일치시켜 교사가 해야 할 것들을 교과서에 담아 제공하고 교사는 그저 교과서를 전달하는 전수자, 사용자의 역할에 머물도록 해왔기 때문이다.

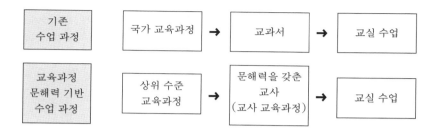

평가는 또 어떤가? 학생들은 교육과정의 자리를 대신 차지한 교과서에서 배운 단편적인 지식 중심의 내용을 단순 암기하여 선다형 문항에서 정답을 찾으면 되는 점수화된 시험을 치렀다. 점수에 따라 아이들을 서열화했으며 교육과정 내용에 비추어 평가 문항의 타당성과 적합성을 검토하기보다 교과서에 관련 지문이 수록되어 있다는 것이 평가의 타당성을 확보하는 유일하고도 확실한 기준이 되었다. 시험을 칠 때가 되면 시험에 나올만한 문제를 중심으로 교육과정이 운영되는, 수단과 목적이 전도된 '역전현상'이 일어나기도 했다.

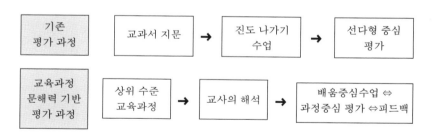

총론 수준에서 교육과정 운영에 대한 권한을 이양하고 있는 2009 개정 교육과정과 교육과정 자율화 정책이 본격적으로 시행된 후 몇 년의 시간이 흘렀지만, 여전히 우리는 타성에 젖은 채 제자리에 머물러

있는 것은 아닌지 되돌아보게 된다. 상당수의 연구에서 교육과정 자율화, 분권화, 지역화, 다양화와 함께 학교 및 교사 교육과정 개발을 저해하는 요인으로 교사의 교육과정에 대한 무관심과 문해력 부족을 꼽고 있는 것은 안타까운 일이 아닐 수 없다.

이제는 우리 스스로 우리에게 주어진 자율권을 적극 활용하여 교사 교육과정을 구성하고 교육 주체로서의 위상을 회복해야 할 때가 아닐까?

" 나에게 60분의 시간이 주어진다면, 문제가 무엇인지 정의하는데 55분을 사용하고 해결책을 찾는데 나머지 5분을 쓸 것이다 "(아인슈타인)

교사의 교육과정 문해력이 교육 경력에 비례하여 함양되지 못하는 원인을 보다 자세히 살펴보자. 오늘날 교육과정 문해력이 충분히 발휘되지 못하고 있는 원인을 탐색하는 것은 해결책을 찾는 것만큼이나 중요한 일이다. 문제가 무엇인지 정의하는데 사용된 아인슈타인의 55분처럼 말이다.

교육과정 문해력 함양이 어려운 이유

교과서 = 교육과정?

교과서를 교육과정으로 오인하고 교과서 진도를 다 끝내면 교사로서 책임을 다했다고 생각하는 오랜 관행 때문이다. 이러한 관행이 오랫동안 지속되어 온 까닭에 관성에 의한 학교문화가 여전히 계속되고 있고 부지불식간에 우리의 생각과 행동에 영향을 미치고 있다. 교사의 관심과 열정이 교육과정으로 향하지 못하는 학교의 문화적, 관행적인 문제점이 있다.

수업 = 교사 개인의 문제?

수업은 교사 개인의 문제라고 생각하는 고정관념으로, 개인의 수업 역량에 대해 누군가가 개입하는 것을 꺼려하는 교직 문화가 존재한다. 이와 같은 맥락에서 개인의 수업과 문해력은 교사 개인의 책임으로 생각하며 수업과 교육과정 문해력이 학교 교육력의 핵심이라고 생각하는 관리자와 교사는 적은 편이다. 문해력을 단순히 개인적 역량의 문제로 치부하게 되면 교사의 문해력이 개발되고 성장할 기회는 줄어들게 된다.

교육과정 문해력 = 일부 교사?

교사가 자신만의 교육 철학을 정립하는데 상당한 시간이 필요하며 교육철학을 정립해가는 과정에서 교육과정 문해력의 필요성을 자각하는 시기가 오는데, 현장에 이러한 필요성을 느끼는 교사들이 적다는데 있다. 처음부터 나무(단위 수업)와 숲(교육과정)을 함께 볼 수 있는 안목을 길러주어야 하며, 이 두 가지를 조화롭게 이해하고 해석할 수 있도록 체계적인 연수와 지원이 필요하다.

교육과정 = 연구부장?

🔘 교육과정은 연구부장과 학년 연구 담당 교사 정도가 다루어야 할 업무로 생각하고 교육과정 문해력이 자신의 수업에 어떠한 영향을 미치며 교육과정이 내 교실에서 어떻게 구현되고 영향을 주고받는지에 대한 이해가 부족하다. 수업=교육과정=생활교육, 즉 교육과정 문해력을 바탕으로 한 수업을 통해 인성교육, 생활교육, 진로교육 및 정책적 실천도 가능하고 교육청 및 학교교육과정에서 요구하는 대부분의 필요를 아우를 수 있다는 믿음과 실제로 그렇게 운영할 수 있는 방법을 배울 필요가 있다. 교육과정 문해력이 바탕이 된 수업이면 충분하다는 믿음. 교육과정이 연구부장과 학년 연구 선생님들만 이해하고 적용하는 것이 아니라 내 교실과 내 수업에 어떠한 의미를 주는지 바르게 알고 실천하는 것이 필요하다.

교사과정 문해력 = 교사의 전문성?

🔘 교사의 전문성에 대한 바른 인식과 정의가 부족하다. 이러한 현상은 학교관리자, 학부모, 학생, 교사 집단 내부 등 광범위하게 존재한다. 교사 전문성의 핵심이 바로 교육과정 문해력이며, 교육과정 문해

력을 가진 교사가 하는 수업이야 말로 배움중심의 수업이며 여기에서 과정중심의 평가가 이루어지고, 이것이 결국 교사 교육과정의 핵심이라는 것에 대한 인식이 넓게 확산될 필요가 있다. 서로 별개로 접근하기보다 하나의 통합된 관점에서 정리하고 제시되어야 현장의 오해가 줄어들 것이다.

업무 중심 학교 문화, 관료적 조직 문화, 승진주의 등 학교 내 구조적이고 관행적인 문제점도 교사의 교육과정 문해력 함양을 방해하는 요소임에 분명하다. 이러한 문제점을 나는　학교 교육과정을 DIY하라　에서 어느 정도 드러내어 구체적인 해결 방안을 제시하였기에, 이번 장에서는 별도로 다루지 않았다. 단지 교사 내적인 요인을 중심으로 살펴보았다. 교육과정 문해력 부족 원인을 교사에게만 전가한 듯한 논지의 글을 읽고 마음 상하신 분들도 계시리라 짐작해 본다.

우리는 그저 어쩌다 교사가 된 것일까? 그랬을지도 모르겠다. 처음부터 사명을 가지고 교사가 된 분들도 많겠지만 어쩌다 보니 교사가 된 분들도 있을 것 같다. 태어난 김에 산다는 한 웹툰 작가처럼 교대 간 김에 하는 교사도 있을 수 있으니까. 그런데 혹 어쩌다 교사가 됐더라도 '교사 교육과정'은 어쩌다 만들지 말자. 작년 내용 어찌 어찌 채우고, 진도표 어찌 어찌 우겨 넣고, 그럴듯한 말로 어찌 어찌 채운 평가 계획에 머물지 않았으면 좋겠다. 조금만 고민해 보면 답을 찾을 수 있다. 어쩌다 교사라도 어쩌다 교육과정에 만족하지 않을 수 있다.

02

교육과정을
보는
눈

    교육과정을 바르게 바라볼 수 있는 눈, 교육과정을 바르게 읽고 쓸 수 있는 능력을 우리는 '교육과정 문해력'이라고 한다. 교육과정 문해력이 있어야 배움으로 떠난 여행의 지도를 바르게 보고, 목적지에 찾아갈 수 있다.

기존의 연구 자료에 따르면 교육과정 문해력의 정의는 다양하다.

> ● Ben-Peretz(1990) - 교사의 교육과정 아이디어들을 개발할 수 있도록 교사의 통찰력, 교육학적 지식, 상상력을 사용하는 것
> ● 정광순(2012) - 교사가 국가 수준 교육과정을 기반으로 자율권을 행사하기 위해 갖추어야 할 능력
> ● 백남진(2013) - 교사가 교육과정 문서를 읽고 해석, 이해하는 학습의 과정을 통해 교육과정의 배경 및 기본 방향, 교과의 내용 등 교육과정에 대한 교사 자신의 전문적인 지식과 안목을 종합적으로 구성하고 이를 수업 설계를 위해 지속적으로 활용하는 능력
> ● 김세영, 정광순(2014) - 교사가 차시별 학습활동, 교육과정 자료, 교육과정 성취기준(내용)에서 교육과정 가능성을 발휘할 수 있도록 하는 것

이상의 내용을 이론적 기초로 교사의 관점에서 현장 적용성을 높이기 위해 경기도 교육청에서는 교육과정 문해력을 다음과 같이 해석하여 정의하였다.

교사의 교육과정 문해력이란?

❶ 성취기준을 중심으로 교육과정 문서를 읽고 해석하여

❷ 교육과정 재구성, 배움중심수업, 과정중심평가를 실행하는

❸ 교육과정 상용 능력이다.

교육과정을 보는 눈, 즉 교육과정에 대한 안목인 교육과정 문해력을 좀 더 세분화하여 살펴보자.

❶ **성취기준을 중심으로** : 교육과정 문해력의 핵심은 성취기준에 대한 이해를 전제로 한다. 교사가 발휘할 수 있는 교육과정에 대한 자율성은 성취기준을 바르게 읽고 해석할 때 가능하다. 교육과정 문서의 체제와 내용은 광범위하지만 성취기준을 중심으로 이해하고 점차 영역과 내용을 확장시켜 가야 한다.

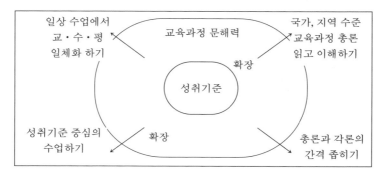

❷ **교육과정 재구성, 배움중심수업, 과정중심평가를 실행하는** : 교육과정에 대한 교사의 문해력은 교육과정 재구성, 배움중심수업, 과정중심평가를 변화시키는 핵심 원동력이다. 교육과정 문해력의 최종 목적지는 결국 교육과정 재구성과 배움중심수업, 과정중심평가의 개선, 즉 교실 수업의 개선이다.

❸ **교육과정 상용 능력** : 교육과정 재구성, 수업, 평가를 유기적으로 연계할 뿐만 아니라 학교 교육활동 전반에서 교육과정의 목적과 취지를 구현할 수 있는 능력이다.

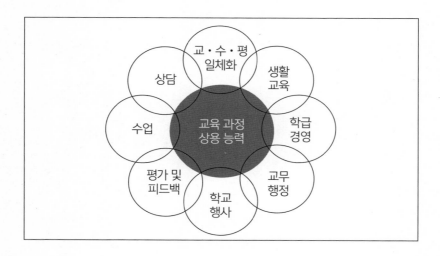

한편, 교육과정 문해력은 간단히 '읽다' 와 '쓰다' 로 구분할 수 있다. 읽는 것이 바탕이 되어야 바르고 정확한 이해가 가능하다. 교육과정에 명시된 교사의 권한과 한계의 범위와 수준을 선명하게 이해할 수 있게 된다. 그리고 읽는 것을 바탕으로 실제 수업과 평가 장면, 학교 교육과정 편성 · 운영 과정 등 교육활동 전반에 교육과정을 적절히 사용할 수 있다.

교육과정 문해력을 '읽다' 와 '쓰다' 로 나누어 무엇을 읽고 어떻게 써야 하는지 아래와 같이 정리해볼 수 있다.

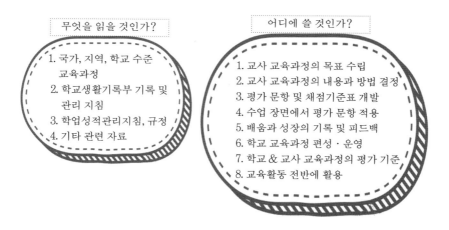

무엇을 읽을 것인가?
1. 국가, 지역, 학교 수준 교육과정
2. 학교생활기록부 기록 및 관리 지침
3. 학업성적관리지침, 규정
4. 기타 관련 자료

어디에 쓸 것인가?
1. 교사 교육과정의 목표 수립
2. 교사 교육과정의 내용과 방법 결정
3. 평가 문항 및 채점기준표 개발
4. 수업 장면에서 평가 문항 적용
5. 배움과 성장의 기록 및 피드백
6. 학교 교육과정 편성 · 운영
7. 학교 & 교사 교육과정의 평가 기준
8. 교육활동 전반에 활용

읽고 이해하면 상황에 맞게 쓸 수 있고, 쓰다 보면 부족한 부분을 더 읽고 싶은 마음이 생긴다. 읽는 것과 쓰는 것이 상호작용하며 함께 향상된다. 문해력을 완벽히 갖춘 후 사용하려 하기보다, 비록 부족하고 자신이 없더라도 교육활동에 사용하다 보면 비약적으로 성장함을 깨달을 수 있을 것이다. 교육과정 문해력을 나의 일상 수업과 평가에 적용하는 시기를 늦추지 말자. 당장 내일부터 사용해보자.

교육과정 문해력이 우리에게 주는 유익

**우리 반 아이들의 삶과 다양성에 맞추어 교사 교육과정을
편성 · 운영할 수 있다.**

지식 전달에 치우친 진도 나가기식 수업과 결과 중심의 서열화 된 평가로 채워진 교실에는 아이들의 삶과 행복이 머물 공간이 없다. 교사 교육과정은 아이들의 삶과 행복을 담아낼 수 있도록 편성 · 운영되어야 한다. 문해력 기반의 수업과 평가는 아이들의 삶과 다양성을 담아낼 수 있는 따뜻함과 여유 공간이 있다. 교사 교육과정이 아이들 한 명 한 명의 삶과 앎을 소중히 여길 때 교사는 수업을 통해 존재 의미를 발견하고 아이들은 진정으로 배움을 즐길 수 있게 된다.

**교사의 역할이 '송지관(送知管)'에서 교육과정을 개발하고
사용하는 '전문가'로 확장된다.**

「교과서＝교육과정」으로 고착화된 수업 공식에서 교사는 교육과정 편성 · 운영의 자율권을 지닌 전문가로서 인식되지 못하고 단순 전달을 목적으로 하는 '송지관(送知管)'으로 전락했다. 이는 교사의 권위와 위상, 소명 의식과 책임을 저하시키는 부정적인 원인으로 작용하였으며 교육자로서의 삶에 대한 회의와 갈등으로 이어졌다. 하지

만 교육과정을 개발하고 사용하는 자율권과 전문성을 회복한다면 교육과정 문해력에 근거한 새로운 권위와 존경을 획득하고 교사로서의 자존감을 회복할 수 있게 될 것이다.

덜어내기와 가지치기를 통해 교육 본질에 집중할 수 있다.

학교의 교육 활동은 경로 의존성이 비교적 강하다. 관행적으로 해왔던 업무와 사업들이 시간이 지나도 사라지지 않고 관성에 의해 계속되고 있는 경우를 자주 본다. 학교 교육 활동 중에서 형식만 남은 비교육적이거나 반교육적인 것들을 덜어내고 가지치기하기 위한 '선택기준'으로써 교육과정을 활용해야 하며 교육과정에 비추어 무엇을 덜어내고 무엇을 남길 것인지 결정해야 할 것이다. 이때 판단의 기준이 되는 것이 바로 교육과정 문해력인 것이다. 이러한 일련의 과정에서 학교 교육과정은 대강화될 수 있고 대강화된 학교 교육과정의 빈 공간에 학생의 배움과 교사의 전문성을 채울 수 있다.

학교 교육 체제를 '교사 교육과정' 중심으로 전환할 수 있다.

'교육과정 중심'의 학교를 만들겠다는 것은 학교에서 일어나는 수많은 일들 중에 수업과 평가를 가장 '우선 순위'로 삼겠다는 의지의 표현이다. 교육과정 중심의 학교를 위해서 꼭 필요한 것은 바로 교육과정 문해력이다. 교육과정 문해력이 있어야만 학교에서 이루어지는 다양한 교육 활동을, 교육과정과의 연관성을 따져보고 실행 여부를 결정할 수 있기 때문이다. 또한 교육과정 문해력이 있을 때 학급에서 일어나는 수업과 평가도 교육과정과 관련이 없는 부분은 과감히 덜어 내고 학생 활동, 배움중심수업에 증배하는 것이 가능하기에, 교육과정 문해력이 있을 때 교육과정 중심의 학교 교육 체제를 견고히 할 수 있다.

03

배움으로 떠난
여행의
울타리와
나침반

3월, 아이들과 함께 배움으로 떠난 여행의 목적지에 안전하고 바르게 찾아가기 위해 꼭 필요한 것이 있다. 다름 아닌 교사 교육과정이다. 교사 교육과정은 여행자의 필수품인 지도(map)와 같다. 교실에서 이루어지는 일상적인 수업에 의미와 가치를 부여하고 서로 고립되어 있는 경험들을 하나로 묶어주며 학년 간 이루어지는 교육활동에 구조를 세우고 언젠가 길을 잃었을 때 찾아갈 수 있도록 안내해 주는 것, 하루하루의 일상에 생기와 특별함을 불어넣어 주는 것이 바로 교사 교육과정의 역할이다.

배움으로 떠난 여행의 지도이자 이정표 역할을 하는 교육과정을 바르게 읽고 사용할 수 있는 눈이 교사에게 필요하다는 사실은 굳이 강조하지 않더라도 자명한 일이다. 지금까지 우리는 그럴듯하게 포장된 길을 앞만 보고 걸어왔다. '교과서'로 포장된 길을 걸어갈 때에 우리에게는 새로운 여행에서 경험할 수 있는 - 감동과 환희의 순간, 낯설게 꽃피운 한 송이 민들레, 푸른 하늘과 아름다운 경치, 사랑하는 사람과 함께하는 평안함 등 - 여행의 진정한 묘미를 느낄 수 있는 여유가 없었다. 우리는 그저 앞만 보고 걸었고, 우리의 발걸음은 쉼이 없었으며 늘 분주했다. 그도 그럴 수밖에 없는 것이, 누군가 만들어놓은 촘촘한 발걸음에 내 걸음을 억지로 맞추려다보니 잘 맞을 수 있겠는가. 더군다나 우리 반 어린 여행자들과 함께하는 걸음인데 오죽하랴.

교육과정 문해력은 아래로 향하던 눈을 들고 허리를 펴 잠시 쉴 수 있는 여유를 제공 한다. 우리가 잠시 곁길로 세거나 풍경 좋은 곳에 머물러 쉬더라도 본래 가려던 목적지의 방향을 잃지 않게 한다. 교육과정 문해력이 있으면 아이들과 함께 가는 배움의 여행이 두렵지 않게 된다. 시간에 쫓기지 않는다.

때론 교육과정 문해력은 YES or NO의 판단 기준으로 활용되기도 한다. 교과서와 지도서를 있는 그대로 수업에 적용할 것 같으면 문해력이 특별히 필요가 없다. 교육과정 문해력이 필요하다는 것은 교사가 목표, 내용, 방법, 평가를 우리 반 아이들에게 맞추어 새롭게 구성하고 적용하겠다는 것을 전제하고 있다.

교과서를 벗어나 새로운 수업을 구성하고 적용할 때, 교육과정 문해력은 YES! 라고 대답하기도 하고 NO! 라고 대답하는 역할도 한다. 예컨대, 성취기준을 생략하여 지도할 수 있는가에 대한 대답은 NO 이고, 성취기준을 생략하지 않고 압축하거나 다른 성취기준과 연결하여 지도할 수 있는가에 대해서는 YES이다. 성취기준으로부터 반드시 가르쳐야 할 지식과 기능을 추출할 수 있는 것도 교육과정 문해력이 있어야 가능하며, 무엇을 어떻게 평가할지 바르게 결정하기 위해서도 문해력은 필요하다.

교육과정 문해력의 역할은 울타리, 나침반과 같다. 지역 수준 교육과정의 바람직한 역할을 울타리와 나침반에 비유한 내용을 읽은 적이 있다. 교육과정 문해력은 교사 교육과정을 편성하고 운영하는 과정에서, 울타리로써, 국가 차원의 일관성에서 벗어나지 않도록 우리를 보호해준다. 주제 중심 수업 구성이나 수업 활동을 결정할 때도, 평가 문항 및 채점기준표를 개발하고 과정 중심의 평가를 적용할 때도 문해력은 울타리의 역할을 담당한다. 일종의 내부적인 안전장치이다. 국가 수준의 공통성과 일관성을 견지할 수 있도록 선명한 울타리로써 경계를 세워준다. 또한 학급살이의 나침반과 이정표로서 올바른 방향을 제시해주는 것도 교육과정 문해력의 고유한 역할이다.

04

교육과정
문해력의
어제와
오늘

교육과정 자율화, 분권화를 축으로 한 국가 교육과정의 정책적인 흐름과 교사의 역할을 살펴보며, 교육과정 문해력이 어떠한 시대 사회적, 정책적인 맥락에서 등장하여 현재 강조되고 있으며 앞으로의 전망은 어떠한지 알아보자. [3]

---

[3] 이번 장의 내용은 교사의 교육과정에 대한 문해력(정광순, 2012)을 중심으로 정리한 것이다.

국가 교육과정 정책의 변화: 통제에서 자율로

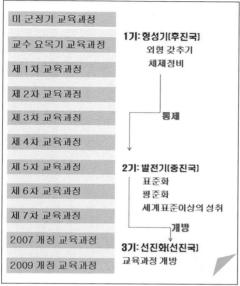

[국가 수준 교육과정의 개정 현황]

우리는 언제부터 교육과정 자율화 정책을 시작했을까? 지금까지 국가 수준에서 12번의 교육과정을 재·개정 고시했는데 이를 세 단계로 나눠 설명할 수 있다. 첫 단계는 국가 수준 교육과정의 면모와 체제를 갖추는데 집중하던 시기를 의미하며, 두 번째는 1기의 양적 팽창을 기반으로 성과를 내는데 집중하여 세계 표준에 맞추기 위해 학업 성취나 시험 점수로 성과를 드러내던 시기(2기)이다. 그 결과 학교 교육의 성과는 단시일 내에 보다 효과적으로 달성되는데 필요한 표준화 및 평준화 정책을 써 왔고, 이런 정책은 대체로 효과적이었다.

현재는 이러한 2기의 발전을 기반으로 3기로의 도약을 모색하고 있다. 즉 우리는 과거의 양적 발전에 이어 학교 교육의 질적 발전을 도모해야 할 시점에 놓여 있다. 이러한 질적 변화는 통제 위주의 교육과정 정책을 개방 형태의 정책으로 전환하고 있으며, 이러한 전환의 핵심에 단위 학교나 교사의 교육과정 자율화가 위치하고 있다. 학교와 교사의 교육과정 자율화를 가능하게 하는 것이 바로 '교육과정 문해력'인 것이다. 교육과정 문해력을 기반으로 한 교사의 자율성과 전문성은 교육과정에 대한 국가의 '통제'와 학생이 요청하는 '흥미, 자율, 배움', 이 둘을 조화롭게 공존시킬 수 있는 완충지역이다.

교육과정과 학생의 배움을 조율해야하는 교사

  교육과정 문서를 수령하는 사람이 법적으로 누군인가를 해명하는
일은 중요하다. 즉 법적으로 국가 교육과정의 실천과 적용을 책임지
는 일차적인 수권자는 누구인가?

  초·중등교육법 20조(교직원의 임무) 3항에서 교사는 '교장의 명
에 따라 학생을 교육한다'를 '법령에 따라 학생을 교육한다'로 개
정하여 국가교육과정의 실천을 책임지는 일차 수권자를 교사로 규정
함으로써 7차 교육과정부터 교육과정에 대한 권한을 법률에 의해 교
사가 수권 받는 문서로 볼 수 있게 되었다. 즉 우리나라는 교사에게 교
육과정을 편성하고 운영할 수 있는 자율권을 법적으로 부여하고 있다
(박창언, 2004). 이러한 이유는 무엇보다 학교와 교사가 교육과정을
학생에게 맞출 수 있는 위치에 있기 때문이다. 이렇게 교사에게 법적
으로 주어진 교육과정에 대한 자율권을 진정으로 행사하기 위해 요구
되는 조건은 바로 '교육과정 문해력'이다.

  정리하자면, 교사에게 주어진 교육과정 자율권을 충분히 발휘하기
위하여 교육과정 문해력이 필요하며, 교육과정 문해력을 충분히 발휘
하여 교육과정과 학생의 배움을 조율하여 만들어지는 것이 바로 '교
사 교육과정'이다.

지금까지의 정책 개정의 흐름과 추세를 고려할 때, 교사 교육과정은 더욱 강조될 수밖에 없다. 시대·사회적 변화의 거대한 흐름 속에 교육의 변화도 필연적이며, 변화의 첨단에 교사의 교육과정 문해력과 교사 교육과정이 자리하고 있다는 사실을 인식해야 한다.

[교육과정 문해력의 어제와 오늘]

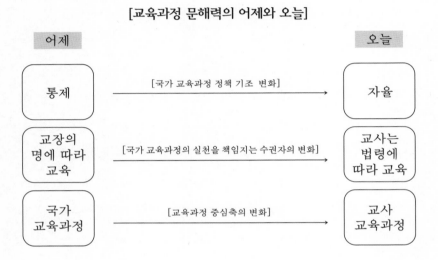

교사에게 주어진 자율권을 진정으로 행사하기 위해서는 교육과정 문해력이 필요하다. 교사는 교육과정을 학생에게 맞출 수 있는 유일한 사람이기 때문이다. 교육과정을 학생의 앎과 삶, 배움과 흥미에 맞춘 것, 그것이 바로 교사 교육과정이다.

[교육과정 문해력 함양의 기본 원리]

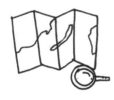

교육과정이란 설계도를 생각하며,
학교 & 교사 교육과정을 디자인 한다.

교육과정이란 이정표를 생각하며,
나의 수업과 평가를 계획 · 실천한다.

교육과정이란 거울에 비추어,
나의 수업과 평가를 되돌아본다.

2월은 새롭게 시작하는 기대감과 설렘으로 가득한 시간이다. 몸도 마음도 비교적 여유로울 뿐만 아니라 새롭게 채워진 사명감으로 가득할 시기, 교육과정 문해력을 집중적으로 함양하는데 안성맞춤인 기간이다.

기대감과 설렘, 몸과 마음의 여유를 활용하여 문해력 향상에 집중하자.

● **언제** 2월 중, 일주일 정도면 충분하다. 하루에 2시간씩만 투자하자.
　　　　　매년 2월마다 국가 교육과정을 읽는다면, 교육과정의 전문가가 되리라!

● **무엇을** 초·중등 교육과정 총론 및 해설서, 성취기준-교과서 맵핑 자료

● **어떻게** 국가 교육과정 총론은 무작정 읽는다. 읽다가 중요한 내용에는 밑줄을 긋거나 간단히 노트에 요약하며 읽는다.
　　　　　성취기준-교과서 맵핑 자료는 올 해 내가 담임할 학년의 성취기준과 교과서 내용을 살펴본다. 이때 성취기준의 지식, 기능, 태도를 구분하여 표시하고, 성취기준이 교과서로 어떻게 구체화되었는지 연관성을 살피며 읽는다.

❶ 초·중등학교 교육과정 총론[4] 읽기

초중등학교 교육과정 총론: 초·중등교육법 제23조 제2항에 의거하여 고시한 총 41쪽의 문서이며, 초·중등학교에서 편성·운영하여야 할 학교 교육과정의 공통적이고 일반적인 기준을 제시한 것이다.

총 41쪽의 분량 중, 중고등학교 관련 내용 및 국가 및 교육청 수준의 지원 내용을 제외하면 실제로 초등학교와 관련된 부분은 20쪽 내외이다.

20분만 투자해도 충분히 읽어낼 수 있다.

❷ 2015 개정 교육과정 총론 해설 (초등학교) 읽기

약 220쪽 분량으로, 초·중등학교 교육과정 총론을 상세히 풀어서 설명해 둔 책이다. 초·중등학교 교육과정 총론은 문서로써 교사가 임의로 수정할 수 없지만, 해설은 참고자료의 성격이 강하다. 참고자료답게 다양한 자료를 바탕으로 보다 쉽고 구체적으로 의도와 내용을 풀어놓았다. 220쪽의 분량 중, 실제로 교사 교육과정을 편성·운영하는데 직접적으로 필요한 내용은 90쪽 내외이다. 해설서의 전체적인 목차는 다음과 같다.

---

4) 국가 교육과정 정보센터(http://ncic.go.kr)에서 pdf와 한글파일을 다운로드 할 수 있다.

목차	분량	핵심 내용
Ⅰ. 교육과정의 이해	25쪽	교육과정 개념, 개정 방향
Ⅱ. 교육과정 구성의 방향	13쪽	인간상, 구성중점, 목표
Ⅲ. 초등학교 교육과정 편성·운영의 기준	20쪽	편제 및 시간배당, 편성운영 기준
Ⅳ. 학교 교육과정 편성 운영	26쪽	교수·학습, 평가
Ⅴ. 학교 교육과정 지원	7쪽	국가 및 교육청차원 지원
부록	86쪽	Q&A 신구대조표, 법적근거

목차 중 가장 많은 부분을 차지하는 부분은 부록이다. 부록은 꼭 읽어봐야 하는 건 아니니, 두툼한 해설서에 지레 겁먹기보다, 목차별로 하루씩 나누어 읽어보길 권한다. 목차별로 하루에 30분씩 4일만 투자하면 모두 읽어낼 수 있다. 교육과정 총론과 해설서에 대한 이해는 교사 교육과정의 깊이를 더하고 외연을 확장하는데 유용하게 활용되니, 꼭 읽어보길 권한다.

❸ 성취기준 – 교과서 맵핑 자료[5] 읽기

문해력에 대해 설명하면서도 지금까지 성취기준이 무엇인지에 대해 한 번도 언급하지 않았다. 이미 성취기준이 무엇인지 알고 있다는 전제에서 글을 썼기 때문이다. 성취기준-교과서 맵핑 자료를 어떻게 읽을 것인가 하는 문제는 성취기준의 속성에서부터 유추된다. 해설서에 제시된 성취기준의 의미에 대해 살펴보자.

---

5) 성취기준-교과서 맵핑 자료는 교과서 차시별 목표 및 중심활동과 관련 성취기준을 보기 쉽게 정리해 놓은 자료로써, 교사 교육과정 구성에 효과적으로 활용된다. **경상남도교육청 수업나눔터 교수평 일체화 자료실**에 2015 개정 교육과정의 성취기준-교과서 맵핑 자료가 탑재되어 있다.

성취기준은 내용 체계(핵심 개념, 일반화된 지식, 내용 요소, 기능)를 바탕으로 개발되었으며, 교과 학습을 통해 학생들이 알아야 하고(지식) 할 수 있어야 하는 것(기능)을 나타냅니다. 학생들이 무엇을 할 수 있어야 하는지 수행의 용어로 표현되며, 교과에 따라 활동을 포함하고 있기도 합니다. 성취기준은 학습 결과로서 교과 학습 후 학생들이 도달해야 할 지점을 의미하며, 평가 기준의 근거가 됩니다. 역량은 지식, 기능, 태도 및 가치를 통합적으로 적용함으로써 발휘되는 능력이므로 학생들이 성취기준에 도달함으로써 교과 역량을 달성할 수 있도록 하였습니다.

(2015 개정 교육과정 해설 Q&A)

성취기준은 어떤 관점에서 읽어야 할까? 위 내용을 빌리자면, 교과 학습을 통해 학생들이 알아야 하고(지식) 할 수 있어야 하는 것(기능)에 초점을 맞추어 읽으면 된다.

지식 학생들이 알아야 하는 것

기능 할 수 있어야 하는 것

예시) [4국02-02] 글의 유형을 고려하여 대강의 내용을 간추린다.

지식 글의 유형

기능 대강의 내용 간추리기

때론 성취기준에 정의적 영역인 태도도 함께 포함되어 있다.

[2국04-04] 글자, 낱말, 문장을 관심 있게 살펴보고 흥미를 가진다.

　정의적 영역의 태도 평가를 위해서는 기능(수행)을 전제로 할 수밖에 없다. 안전한 생활을 실천하는 태도를 평가하려면 안전한 행동을 지속적으로 실천할 때에만 평가가 가능하기 때문이다. 태도는 지식과 기능이 실제 문제 상황에서 발휘될 때 드러나는 속성을 갖고 있다. 말로만 하는 사랑을 사랑으로 인정할 수 없는 것처럼 말이다. 진실된 사랑에는 반드시 행동이 따라온다. 정의적 영역의 태도도 실천(기능) 속에서 진위 여부를 확인할 수 있다.

　지금까지 성취기준-교과서 맵핑 자료를 읽기 위한 첫 번째 조건인 성취기준을 읽는 포인트에 대해 살펴보았다. 다양한 교과 성취기준과 교과서 내용이 연결된 맵핑 자료를 읽을 때는 어떻게 하는 것이 효과적일까? 성취기준-교과서 맵핑 자료를 효과적으로 읽는 몇 가지 방안을 제안해본다.

성취기준 - 교과서 맵핑 자료를 효과적으로 읽는 방법

기본 사항

1. 올 해 담임할 학년의 성취기준 - 교과서 맵핑 자료를 읽는다.
2. 형광펜, 스티커 등을 활용하여 읽기 효과를 높인다.
3. 학년별 전문적 학습공동체를 활용하여 함께 읽고, 읽은 결과를 공유한다.
4. 2월에 읽은 맵핑 자료는 학기 중 반복적으로 읽고 적극 활용한다.

❶ 유사한 성취기준을 유목화하며 읽기

🔵 유목화 기준: 공통 지식 · 개념, 기능, 수업 제재, 가치 · 태도 · 덕목,
지도시기, 목표, 중점과제 등

유목화 기준	공통점 (예)	성취기준
성취 기준의 기능 (역량)	표현	4국01-02 회의에서 의견을 적극적으로 교환한다. 4국05-04 작품을 듣거나 읽거나 보고 떠오른 느낌과 생각을 다양하게 표현한다. 4사01-03 고장과 관련된 옛이야기를 통하여 고장의 역사적인 유래와 특징을 설명한다.
수업 제재	환경	6과05-01 생태계가 생물 요소와 비생물 요소로 이루어져 있음을 알고 생태계 구성 요소들이 서로 영향을 주고받음을 설명할 수 있다. 6실05-08 지속 가능한 미래 사회를 위한 친환경 농업의 역할과 중요성을 이해한다. 6사08-06 지속가능한 미래를 건설하기 위한 과제(친환경적 생산과 소비 방식 확산 등)을 조사하고..(중략)
가치태도 덕목	나눔	2바08-01 상대방을 배려하며 서로 돕고 나누는 생활을 한다. 2바05-02 동네를 위해 할 수 있는 일을 찾아 실천하면서 일의 소중함을 안다.
지도 시기	5월 가정의 달	4도02-01 가족을 사랑하고 감사해야 하는 이유를 찾아보고, 가족 간에 지켜야 할 도리와 해야 할 일을 약속으로 정해 실천한다. 4국01-06 예의를 지키며 듣고 말하는 태도를 지닌다. 4국03-04 읽는 이를 고려하며 자신의 마음을 표현하는 글을 쓴다

★ 유목화된 성취기준은 단원 간, 주제 중심 내용 구성으로 자연스럽게
활용

🌑 방법: 같은 색 스티커 붙이기 또는 번호로 표시하기

단원	성취 기준	교과서 살펴보기
		주요 학습 내용 또는 활동
1. 시를 즐겨요	문학[2국05-02] **인물의 모습, 행동, 마음**을 상상하며 그림책, 시나 노래, 이야기를 감상한다. ★	· 단원 도입 여러 가지 방법으로 시 읽기 · 단원 학습 계획하기
		· 경험을 떠올리며 시 읽기 · 시를 읽고 떠오르는 장면 그리기
		· 장면을 생각하며 시 읽기 · 시의 표현, 시의 장면, 자신의 경험을 떠올려 시 속 인물의 마음 상상하기
		· 시 속 인물의 마음 상상하며 시 읽기 · 시 속 인물의 마음 상상하며 노래하기
	읽기[2국02-05] 읽기에 흥미를 가지고 즐겨 읽는 태도를 지닌다.	· 시 낭송 준비하기 · 친구들 앞에서 시 낭송하기 · 단원 정리
3. 마음을 나누요	듣기 · 말하기[2국01-03] 자신의 감정을 표현하며 대화를 나눈다.	· 단원 도입 · 마음을 나타내는 말 알기 · 단원 학습 계획하기
		· 마음을 나타내는 말을 사용해 마음 표현하기 · 글에서 인물의 마음을 나타내는 말을 찾고 인물의 마음 이해하기 · 인물과 비슷한 경험을 떠올려 보고 그때의 마음 말하기
	문학[2국05-02] ★ **인물의 모습, 행동, 마음**을 상상하며 그림책, 시나 노래, 이야기를 감상한다.	· 인물의 마음을 이해하며 만화 영화 보기 · 만화 영화 속 인물을 초대해 이야기 나누기
		· 마음을 나타내는 말을 사용해 역할놀이 하기 · 단원 정리

> 국어 1, 3단원 성취기준과 교과서 학습 내용은 '인물의 마음'이라는 공통적인 내용 요소가 있구나!

❷ 성취기준에 비추어 교과서 내용 비판적으로 읽기

🔵 읽기 관점

- 교과서 내용 구성은 성취기준 도달에 적합한가?

- 교과서 내용이 우리 반 아이들의 특성과 발달단계에 적합한가? 등

🔵 읽는 방법

1. 왼쪽에서 오른쪽으로 읽기

(성취기준 읽기 ➜ 교과서 학습 내용 읽기)

2. 비판적으로 검토한 내용을 형광펜으로 표시하기

단원	성취기준	교과서 학습 내용	차시
2. 문단의 짜임	읽기[4국02-01] 문단과 글의 중심 생각을 파악한다.	· 단원 도입 · 설명하는 글에서 가장 중요한 문장 찾기 · 단원 학습 계획하기	1
		· 글의 내용 확인하기 · 문단의 뜻과 형식적 특징 알기	2~3
		· 글의 내용 확인하기 · 문단의 중심 문장 찾기 · 중심 문장과 뒷받침 문장 구분하기	4~5
	쓰기[4국03-01] 중심 문장과 뒷받침 문장을 갖추어 문단을 쓴다.	· 중심 문장을 생각하며 뒷받침 문장 쓰기 · 중심 생각이 잘 드러나게 간단한 문단 쓰기	6~7
		· 문단 만들기 놀이 하기 · 단원 정리	8~9

> 9차시로 구성된 단원에서, 중심 문장과 뒷받침 문장을 쓰는 활동(기능)에 차시 배당이 적군. 우리 반 아이들은 쓰는 활동을 어려워하니 1차시와 8~9차시는 감축하고 시수를 추가로 확보하여 직접 쓰는 활동에 증배해야겠어!

❸ 특정 주제를 중심으로 관련 성취기준을 추출하며 읽기

🌑 교사의 목표와 의도가 반영된 주제 선정

(주제) 규칙과 관련지어 수업할 수 있는 성취기준은 무엇이 있을까?

↓

주제와 연관된 성취기준-교과서 내용을 찾으며 읽기 (목적이 있는 맵핑자료 읽기)

↓ (추출하여 정리하기) ↓

2국05-03 여러 가지 말놀이를 통해 말의 재미를 느낀다. 2수04-01 물체, 무늬, 수 등의 배열에서 규칙을 찾아 여러 가지 방법으로 나타낼 수 　　　　 있다. 2안01-01 교실과 특별실에서 활동할 때 질서를 지켜 안전하게 생활한다.

❹ 의도를 가지고 단원의 순서 재배치하며 읽기

교사의 의도	교과 단원 순서 재배치
온 책 읽기를 위해 문학 단원을 재배치해볼까?	1단원. 이어질 장면을 생각해요 9단원. 감동을 나누며 읽어요 4단원. 이야기 속 세상 순으로 단원 지도 시기 조정 (국어, 4학년 2학기)
3월에는 비교적 학습 부담이 덜한 단원을 배치해볼까?	아이들이 비교적 쉽게 느끼는 5. 여러 가지 그래프와 2. 각기둥과 각뿔을 3월로 배치 (수학, 6학년 1학기)
6월 호국 보훈의 달과 관련된 성취기준을 찾아 묶어볼까?	통일과 관련된 수업을 위해 5. 하나 되는 우리(도덕), 다양한 주제로 표현하기(미술), 알맞은 노랫말 붙이기(음악)를 6월로 지도 시기 조정 (범교과, 4학년)

　이처럼 성취기준 - 교과서 맵핑 자료를 읽을 때도, 목적을 갖고 읽으면 보다 집중하기 좋고, 기억에 오래 남는다. 또한 특정 목표나 주제를 중심으로 교사 교육과정을 구성하는데도 효과적으로 활용될 수 있다.

뚜렷한 방향과 목적의식을 갖고 맵핑 자료를 읽자. 그러면 오래도록 기억에 남아 있게 되고, 학기 중 다양한 형태로 수업에 영향을 주게 될 것이다.

방법2 ▶ 총론에서 나의 수업 구성 의도를 뒷받침해줄 문구를 찾아라

우리가 일반적으로 수업을 재구성할 경우. 성취기준을 참고하는 것은 너무나 당연한 사실이다. 그리고 교사의 교육 철학과 가치, 학생의 흥미와 발달 단계, 교육적 환경을 고려하여 재구성의 기준과 방법을 결정한다. 여기에 덧붙여 내가 설계한 수업의 교육적 의미와 당위성을 부여하기 위해 교육과정 총론에서 관련 문구를 찾아보는 습관이 생긴다면, 재구성의 완성도를 높여줄 뿐 아니라 교육과정 문해력도 함께 신장될 수 있다. 국가 수준의 공통성과 교사 수준의 다양성이 조화롭게 수업에 녹아들 수 있으며, 해당 수업의 진정한 의미와 가치를 동료 교사나 다른 누군가에게도 함께 효과적으로 전달할 수 있게 될 것이다.

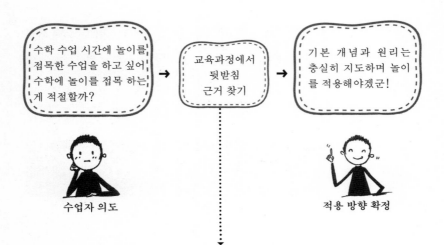

수학 수업 시간에 놀이를 접목한 수업을 하고 싶어 수학에 놀이를 접목 하는 게 적절할까? → 교육과정에서 뒷받침 근거 찾기 → 기본 개념과 원리는 충실히 지도하며 놀이를 적용해야겠군!

수업자 의도   적용 방향 확정

'학교 수학에서는 인지적 능력의 증진은 물론 수학에 대한 흥미와 호기심, 수학 학습에 대한 자신감과 긍정적인 태도 등 정의적 영역의 개선과 더불어 상대방을 이해하고 배려하는 바람직한 인성을 길러야 한다.'는 구절과 '규칙 알아맞히기 놀이를 통하여 상대방이 정한 규칙을 추측하고 확인할 수 있다'는 성취기준도 있네. 수학 학습의 자신감과 긍정적인 태도 함양을 위해 적절히 놀이를 활용해도 괜찮겠어!

총론에서 관련 문구를 탐색하고 재구성에 활용하는 과정에서 자연스럽게 교육과정 문해력이 함양될 수 있다. 또한 교사 교육과정 구성의 완성도 증대, 교육과정에 기초한 당위성 확보, 교육과정에 대한 깊이 있는 이해와 활용이 가능하다.

방법3   교과서 활용 수업의 경우, 수업 전 성취기준은 꼭 읽고 시작하자

교과서도 때로는 교사 교육과정의 좋은 자료가 된다. 모든 수업을 새롭게 설계하여 실천하는 것은 무리다. 교과서나 기존 보급된 자료를 내 수업의 의도와 목표에 맞게 적절히 활용하는 능력도 아주 중요하다.

교과서를 수업의 주요 제재로 활용할 때에도 교육과정 문해력을 함양하는 방법이 있는데, 바로 성취기준을 미리 살펴보는 것이다. 성취기준-교과서 맵핑자료만 준비되어 있다면 쉬는 시간에도 충분히 다음 수업의 성취기준을 읽어볼 수 있다. 성취기준을 미리 읽어본다는 것은 교과서에만 우리의 시선을 두지 않고, 단원 전체를 바라보며 조망할 수 있다는 것을 의미한다. 나무와 더불어 숲을 볼 수 있는 안목을 갖는 것이다. 전체를 바라볼 때, 단위 수업 간의 연계성을 확인할 수 있을 뿐 아니라 성취기준을 중심으로 덜어내거나 추가할 수업 주제를 쉽게 포착할 수 있게 된다. 성취기준을 미리 읽어봄으로 형성된 조망력이 있다면, 교과서를 활용한 수업도 유연하고 역동적으로 수정·발전해갈 가능성이 생긴다. 교과서를 활용하는 수업도 성취기준만은 미리 읽어보는 습관을 갖자!

교육과정 문해력은 과정중심평가에도 영향을 준다. 과정중심평가의 '과정'이 '성취기준을 도달해가는 과정'을 의미하기 때문에, 성취기준에 대한 문해력을 바탕으로 교실 수업에 연결되는 과정이 필요하기 때문이다. 우리가 평소 평가 문항을 개발하고 평가 장면을 선정하며 채점기준표를 작성하는 과정을 통해서도 교육과정 문해력은 함양될 수 있다. 과정중심평가를 통해 교육과정 문해력이 함양되는 과정을 살펴보자.

❶ 성취기준을 해석하며, 지필평가 또는 수행평가 중 어떤 유형으로 평가할 것인지 결정하는 과정에서 문해력은 함양된다.

❷ 성취기준 도달 정도를 확인하기 위해, 어떤 종류의 평가방법이 적절한지 결정하는 과정에서 문해력이 함양된다.

❸ 평가 도구개발과 평가 장면 선정, 채점기준표 개발 과정에서 교육과정 문해력은 함양된다.

❹ 평가 문항을 실제 수업에서 적용하고 피드백하는 과정에서 교육과정 문해력은 함양된다.

[과정중심평가를 통한 교육과정 문해력 함양 사례]

[6사04-03] 일제의 침략에 맞서 나라를 지키고자 노력한 인물(명성황후, 안중근, 신돌석 등)의 활동에 대해 조사한다.

평가 유형
평가 방법

성취기준이 '~을 조사한다'로 진술되어 있는 걸 보니, 수행평가 방법이 적합하겠군. 지식(일제의 침략에 맞서 나라를 지키고자 노력한 인물)을 조사하는 수행 장면에서 평가해야겠어! 평가 방법은 조사하고 보고서 작성!

평가 기준

평가 기준은 어떻게 할까? 일제의 침략에 맞서 나라를 지키고자 노력한 인물의 구체적인 행동이 드러나 있어야겠지? 우리 학교 학업성적관리규정에 가정학습 과제형 평가는 금지하고 있으니, 수업 중 최소 2명 이상 인물을 조사하도록 해야겠어. 구체적인 행동뿐만 아니라, 조사한 후 본받을 점과 느낀 점도 보고서에 포함될 필요가 있지. 사전에 아이들에게 평가 기준에 대해 안내해야겠다!

채점 기준표

채점기준표는 분석적 루브릭 형태를 활용해야지. 채점 기준은 크게 일제의 침략에 맞선 구체적인 노력이 드러나 있는지, 2명 이상의 인물을 선정하고 조사하였는지, 배우고 느낀 점이 잘 드러났는지에 대한 기준표를 만들어야겠군.

문항 개발

과정중심평가는 수업 장면에서 함께 적용되니, 평가 문항에도 수업의 과정이 담겨질 수 있도록 해봐야지. 그러면 단계별로 피드백하기 쉽지. 보고서 작성을 어려워할 아이들을 위해 보고서 작성 팁이나 간단한 절차와 단계도 담아야겠군.

↓
(과정중심평가 적용)

실제로 평가해보니, 시간이 생각보다 부족했어. 그리고 구체적인 피드백 방법을 미리 고민하지 않았더니, 과정중심평가가 어려웠어. 앞으로는 예상되는 어려움을 미리 고민해서 구체적인 피드백 방법을 생각해 두어야겠군!

반성적 성찰

위에 제시된 일련의 과정에서 교사는 성취기준을 바르게 이해하였고, 성취 기준을 바탕으로 평가 문항과 기준을 개발하였으며, 학생 중심 수업 방법을 적용하여 수업 중 과정중심평가와 성장을 돕는 피드백을 실천했다. 또한 문항을 개발적용하는 과정에서 학교의 학업성적 관리 규정을 준수하였다.

문해력에 바탕을 둔 평가 문항 개발과 적용은 교육과정 문해력을 더욱 촘촘하게, 그리고 보다 넓게 확장시켜 준다. 기존에 개발된 평가 문항을 활용하더라도, 있는 그대로 활용하기보다 교사의 수업 의도와 철학을 바탕으로 새롭게 변형하여 적용하는 것이 문해력 신장에 도움이 된다.

평가 문항을 개발하고 적용하는 과정에서 교육과정이 실제 수업 장면에서 어떻게 적용되는지에 대한 실천적 지식과 역량이 함양될 수 있다. 또한 교육과정 문해력에 기초하여 수업과 평가 장면을 해석할 수 있는 안목이 생기게 되고, 이는 교사 교육과정의 설계와 운영으로 연결된다.

방법5 → **'따로 또 같이'교육과정 문해력을 함양하자**

❶ 자발적으로 읽고 성찰하기

스스로 교육과정을 읽는 방법이다. 국가 수준 교육과정의 총론, 해설서, 성취기준-교과서 맵핑 자료를 필요한 부분만 발췌하여 읽는 경우 분량이 대략 100쪽 이내이다. 하루에 10장씩만 읽으면 10일이면 국가 수준 교육과정을 모두 읽는데 부족함이 없다. 꾸준히 교육과정을 읽고 교육과정과 수업의 전문가로 거듭나자!

하루에 10장씩, 10일만 읽으면 국가 교육과정을 내 것으로 만들 수 있다!

지역 수준 교육과정 편성·운영 지침의 경우, 지역의 중점 교육활동과 특색이 반영된 부분을 찾아 읽는 것이 효과적이다. 경상남도 지침을 기준으로 볼 때 한 시간 정도만 투자해도 읽고 이해하는데 부족함이 없다. 또한 지침에는 국가 수준의 성취기준과 교수학습 및 평가의 방향도 포함되어 제시된 경우 많으므로 일주일에 특정 요일을 정하고 점심시간 등의 자투리 시간을 활용하여 꾸준히 읽어 보는 것은 교육과정 문해력 향상에 많은 도움이 될 것이다. 또한 앞서 제시한 것처럼, 단원 수업 시작 전, 관련 성취기준을 미리 읽는 습관도 도움이 된다.

❷ 전문적 학습공동체를 활용하여 함께 읽고 이야기 나누기

전문적 학습공동체의 실천 유형은 다양하지만 그 중 교육과정을 읽고 토의하는 형태로 운영할 경우 학교와 교사 교육과정의 두 마리 토끼를 모두 잡을 수 있는 효과가 있다. 한 달에 한 번이라도 교육과정을 함께 읽고 특정 주제를 추출하여 함께 이야기하는 분위기가 조성된다면 교육과정 중심의 학교 체제 개선의 동력을 확보할 수 있을 것이다.

교육과정 문해력 중심의 전문적 학습공동체 운영이 필요하다!

❸ 교육과정 관련 각종 연수에 참여하기

교육과정과 관련된 다양한 연수에 참석하여 단기간에 교육과정에 대한 안목을 높일 수 있다. 하지만 일회성 연수의 특성상 직접적으로 수업을 변화시키기 어려운 단점이 있다. 따라서 연수를 활용하는 방법은 보조적인 수단으로 활용하고 앞서 제시한 두 가지 방법을 활용하는 것을 추천한다.

교육과정 문해력은 단순히 교육과정을 잘 읽고 기억하고 있는 것이 아니다. 교육과정에 대한 이해를 기초로 수업을 설계하고 실천하며 평가에 적용할 수 있어야 한다. 그리고 실천의 과정에서 진정 교육과정이 의도하는 바가 무엇인지 파악하여 나만의 교육 철학과 가치가 반영된 해석의 관점을 갖게 된다.

실천적 문해력을 갖기 위해 노력하자. 문해력이 실제 내 교실과 수업에서 발휘되도록 노력하자. 실천에서 비롯된 진짜 실력을 갖추자.

[무작정 따라하는 문해력 신장법 정리]

 황금의 2월을 잡아라

 총론에서 나의 수업 구성 의도를 뒷받침해줄 문구를 찾아라

 교과서 활용 수업의 경우, 수업 전 성취기준은 꼭 읽고 시작하자

 과정중심평가를 통해 문해력을 함양하라

 '따로 또 같이' 교육과정 문해력을 함양하자

3부

교사 교육과정,

배움을 디자인하다

3부

교사 교육과정,
배움을 디자인하다

목표, 내용, 방법, 평가에 무엇을 담을 것인가?

 교사는 수업권과 평가권을 갖고 있다. 이는 법률이 보장한다. 교사가 갖는 수업권과 평가권을 얼마나 어떻게 사용할 것인가 하는 문제는 전적으로 교사에게 달려 있다. 교사의 수업권과 평가권이 가치 있고 중요하다는 인식을 교사는 스스로 하는가?

 우리에게 주어진 수업과 평가의 책임과 권한을 가지고 목표, 내용, 방법, 평가에 무엇을 담을 것인지 심사숙고하여 결정하는 것이 바로 교사의 전문성이다. 달리 표현하지면 교사 교육과정을 편성하는 것이다. 이 과정에서 목표, 내용, 방법, 평가는 일관성 있게 설계되어야 하며, 그 중심에 우리 반 아이들과 교사가 위치해야 한다. 이렇게 만들어진 교사 교육과정은 수업과 평가를 통해 아이들과 만난다. 그리하여 생각과 인격이 자라고 앎과 삶의 행복이 꽃핀다.

목표가
이끄는
학급
한해살이

여행자에게 여행의 목적지가 없다면 어떻게 될까? 물론 요즘은 뚜렷한 목적지 없이 자유롭게 배낭여행을 떠나기도 하지만, 이도 혼자거나 마음이 잘 맞는 친구 몇 명이서만 시도해 볼 만하다. 다수의 아이들을 인솔하여 여행을 갈 때 뚜렷한 목적지가 없다면? 상상만 해도 끔찍하다. 차편이나 숙식 등 세심하게 미리 준비하고 확인하지 않으면 낭패를 당하게 될 것이다. 충분히 준비했다 하더라도 변수는 곳곳에 도사리고 있다. 목적지 없이 아이들과 함께 떠난 여행은 어쩌면 평생 다시는 여행을 하고 싶지 않게 만드는 트라우마를 선물로 선사할지도 모른다.

아이들과 함께 떠난 여행의 목적지와 같은 것이 바로 교사 교육과정의 '목표'이다. 아이들과 함께 떠나는 배움의 여행에서 교사가 갖는 목표는 그 자체로 매우 중요하다. 목표의 중요성이야 교육뿐만 아니라 사회 각 분야에서도 마찬가지일 것이다. 우리가 시간과 열정, 자본을 투자하고 소중히 여기는 일들은 대부분 합리적인 목표를 설정하고 있으며 목표 달성을 위해 모든 역량을 집중하고 있다.

아마 대부분의 학교에서 3월이 되면 교사가 학급 교육 목표를 설정하고 학교에 제출하고 있을 것이다. 학급 현황판을 제작하거나 학부모 안내 자료로 사용되기 때문이다. 여기서 내가 말하고자 하는 교사 교육과정의 '목표'는 문서상의 의미 없는 명분을 지칭하는 것이 아니다. 아이들과 함께한 배움 여행의 실제적인 목적지이며 내용과 방법, 평가의 방향을 결정짓고 교사의 교육관과 가치가 반영된 살아있는 목표를 의미한다. 교사의 시간과 열정, 에너지와 노력이 집중되는 지점을 뜻한다. 교사가 수립한 목표 도달을 위해 내용ㆍ방법ㆍ평가ㆍ학급경영ㆍ범교과 등 모든 교육활동을 집중하여 그러한 아이를 길러낼 수 있다는 것은 교사의 진정한 전문성이다.

교사 교육과정의 목표는 어디까지나 가치지향적이다. 교사에게 요구되는 높은 도덕적 책무와 엄격한 역할 규범은 이로부터 의미를 갖고 정당화된다. 더 이상 교사를 교과서의 단순 전달자, 소비자로 제한하지 않고 교육과정 개발자, 최종 실천자로 역할을 확장하고 일반화하기 위해 교사 교육과정의 목표에 대한 가치를 재정립할 필요가 있다.

교사가 세운 목표는, 그 목표만을 추구하겠다는 의미이기보다, 그 목표를 위해 보다 더 많은 노력과 에너지를 쏟겠다는 집중을 의미한다. 교사가 설정한 목표와 직접적인 관련이 없어 보이는 성취기준도 국가에서 요구하는 기준을 도달하되, 교사 교육과정의 목표로 설정된 것들은 보다 깊고 넓게 교사의 역량을 집중하여 수업하겠다는 것을 뜻한다.

어쩌면 나만의 목표를 바르게 세우는데 전 교직 생활이 소요될지도 모르겠다. 평생을 교단에 있었지만, 자신만의 교육 철학이 반영된 목표가 없는 교사도 분명히 있을 것이다. 교육관을 바탕으로 교사 교육과정의 목표를 세우는 것은 교사의 전 생애를 걸고 해야 할 일이며 지속적으로 발전되어야 할 일이다.

교사 교육과정의 목표가 갖는 의의

- (체계성) 목표는 분산된 교육활동을 하나로 엮어주는 역할을 한다.

- (방향성) 목표는 임의적으로 이루어지는 재구성에 방향을 제시한다.

- (지속성) 목표는 내용과 방법, 학급 환경구성 등 교사 교육과정 전반에 지속적으로 영향을 미치며 한 해 학급살이의 방향을 제시한다.

- (몰입성, 확장성) 목표는 수업의 폭과 깊이를 더해준다.

- (전문성) 목표는 교사의 전문성을 강화시킨다.

- (기준성) 목표가 있기에 우리는 학기(년)말에 목표에 비추어 아이들의 성장 정도를 가늠해볼 수 있으며, 한해살이를 깊이 있게 반성해볼 수 있다.

교사 교육과정의 목표가 갖추어야할 조건

❶ 교사가 설정한 목표에는 국가 교육과정, 지역 교육과정, 학교 교육과정의 의도와 방향을 담고 있어야 한다. 나만이 도달할 수 있는 개성 있고 화려한 목표는 정당화될 수 없다. 상위 수준 교육과정의 기준과 방향의 토대위에 나의 색을 덧입히는 것이지 새롭게 창의적인 무엇인가를 만들어내는 것이 아니다.

❷ 목표는 아이들도 이해할 수 있는 문장이면 좋겠다. 그리고 목표는 교육공동체와 공유하고 함께 노력할 수 있는 성격의 것이어야 한다.

❸ 목표에는 교사의 교육 철학과 신념을 담는다.

❹ 한 해 교사 교육과정의 목표를 구체적으로 그려보자. (R＝VD)

❺ 매년 새롭게 만들어가는 목표보다, 교사의 교육 철학을 바탕으로 여러 해 동안 지속적으로 실천할 수 있는 것이 좋다. 밑바탕을 세우고 아이들의 발달 단계나 교육과정의 변화에 따라 조금씩 맞춰가며 작성한다.

❻ 학교의 목표와 비전은 교사의 목표와 비전으로 구체화되어야 한다. 학교의 비전은 선언적이고 당위적이지만 교사의 교육 목표는 실제적이고 구체적이며 교실 수업과 맞닿아 있어야 한다.

교사 교육과정 목표가 성취기준 해석과 수업에 영향을 미치는 과정

일반적인 수업 실행 과정	교과서 기반 실행	성취기준 ➡ 교과서 ➡ 교사 ➡ 수업 설계 및 시행
	성취기준 기반 실행	성취기준 ➡ 교사의 해석 ➡ 수업 설계 및 시행

목표 중심 수업 실행 과정	교사 교육과정 목표 기반 실행	교사 교육과정의 목표(교육관, 철학) ➡ 목표에 기초한 성취기준 해석 ➡ 수업 설계 및 시행

교사 교육과정 목표에 따른 중점 과제의 설정

교사가 설정한 목표에 따라 중점 과제를 선정할 수 있다. 중점 과제가 구체적이며 교사의 실천 경험에 바탕을 두고 있다면, 보다 효과적인 목표 도달이 가능할 것이다.

교사 교육과정의 목표에 따라 설정된 중점 과제는 목표 도달에 직접적으로 기여할 수 있도록 연계성과 체계성을 갖추어야 한다. 그리고 학급 한해살이의 중점 과제인 만큼 학교 수준에서 설정된 중점 과제보다 구체적이어야 하고 교실 수업과 학급 경영, 상담 등 실천 장면을 염두에 두고 설정되어야 한다. 추상적이거나 일반적인 중점 과제는 지양한다. 또한 교과, 창의적 체험활동, 학급 환경, 생활교육, 범교과, 학급경영, 가정연계 지도, 체험활동 등 종합적이며 다각도의 실천 영역을 고려하여 설정하는 것이 바람직하다.

[목표에 따른 중점 과제 설정 분석]

구분	교사 교육과정의 목표	중점 과제	분석
1	서로 소통하고 공감하는 능력을 기른다.	의사소통능력 함양 프로그램을 운영한다.	중점 과제의 구체성과 실제성이 떨어짐
2		토의 토론을 활성화 한다.	1번 보다는 구체적이나 토의 토론도 기법이 다양하며 구체적인 전략이 제시되지 못함
3		짝 대화 프로그램을 적용하여 기초적인 토의·토론 능력을 갖춘다.	구체적인 실천 방법이 드러나 있으나 적용 범위가 모호하고 제한적임 목표 도달을 위해 교과, 창체, 생활지도 등 입체적인 접근 방법이 필요함
4		1. 국어과를 중심으로 짝 대화 프로그램을 적용하여 기초적인 토의·토론 능력을 갖춘다. 2. PMI 토의 판을 제작하여 서로의 생각을 나누는 수업에 활용한다. 3. 한 달에 한 번 필독도서를 중심으로 가정과 연계한 독서활동을 운영한다.	목표 도달을 위한 종합적인 중점 과제가 설정되었으며, 비교적 실천 방법이 구체적이고 실현 가능성이 높음

※ 하나의 목표에 2~3개의 중점 과제 설정을 권장한다.
※ 중점 과제는 교과, 학급경영, 생활교육, 범교과, 가정 연계 등 종합적으로 고려하여 설정한다.

교사의 교육관, 가치, 생각, 문해력이 아이들과 함께 어우러져 목표와 중점 과제가 세워지고, 목표와 중점 과제가 한 해의 학급살이를 이끌어야 한다. 목표한 대로, 생각한 대로 살아가야 한다. 그렇지 않으면 머지않아 사는 대로, 그때그때 우리에게 주어지는 대로 살고 생각하게 될 것이다. 목표가 이끄는 교사 교육과정은 교사에게 열정과 목적의식을 부여하고 분산된 교육활동을 하나로 묶어주는 힘이 있으며, 아이들에게는 일관된 메시지를 전달하게 되고 규모와 체계가 갖추어진 배움을 제공할 수 있다.

교사 교육과정 목표는 교사와 학생이 함께 수립하는 것이 바람직하지 않나요?

함께 만들어가는 교육과정의 가치 실현을 위해 교사 교육과정의 목표는 교사 혼자만의 것이 되지 않도록 주의해야 한다. 교사의 교육관, 가치관, 목표는 전문적 학습공동체나 선배 교사, 다양한 독서 활동 등을 통해 성장하고 발전하여 교육적으로 가치 있고 균형 있게 설정되어야 할 것이다. 이러한 교사의 건강한 내적 성장을 바탕으로 교사 교육과정의 목표가 수립되어야 한다.

나는 개인적으로 행정업무와 수업의 부담에서 비교적 자유로운 2월에 교사 교육과정의 목표와 중점 과제 설정, 학기별 수업 내용 선정, 평가 계획 수립 등 교사 교육과정 구성의 핵심적인 내용의 '윤곽'을 수립해야 한다고 생각한다. 2월은 심리적, 물리적, 정서적으로도 다음 해의 교사 교육과정을 계획하기에 가장 최적화된 시간이라 여기고 있다. 하지만 2월은 학년과 업무 배정은 결정되었지만, 우리 반 아이들과 학부모들을 직접 만나기 전이다. 따라서 2월에는 전 담임 선생님들께 전달 받은 내용을 바탕으로 교사의 경험과 전문성을 살려 '초안'을 수립한다 생각하면 된다. 이렇게 수립된 초안은 3월뿐만 아니라 학기가 운영되는 중에도 우리 반 아이들의 흥미와 특성, 학부모의 요구, 학교의 환경에 맞게 변화·수정 될 수 있다. 진정한 의미의 학생, 교사, 학부모가 함께 만들어가는 교육과정인 것이다. 이러한 과정에서 핵심적인 장치는 바로 꾸준히 운영되는 전문적 학습공동체와 교사의 세심한 관찰과 관심, 더 좋은 것을 주고자 하는 사랑의 마음일 것이다.

[교육공동체가 함께 만들어가는 교사 교육과정의 목표]

· 교사가 설정한 교사 교육과정 목표: 2월, 전체적인 윤곽 세우기
· 아이들과 함께 만드는 목표: 3월 또는 학기 중 함께 만들어가기
· 학부모와 함께 만드는 목표: 학기 초 학부모 설문지나 교육과정 설명
  회 활용하기

저는 목표가 뚜렷이 없는데, 어떡하죠?

지금 당장은 목표가 없을 수도 있다. 그렇다면 보다 쉽게 접근하기 위해, 올 해 좀 더 관심을 가지고 노력하고 싶은 교육활동의 영역과 내용을 목표로 삼으면 된다. 예를 들어, 회복적 생활교육에 대해 공부하고 싶다면, 회복적 생활교육과 관련된 목표와 중점 과제로 설정하면 된다. 아니면 학교 수준에서 설정된 목표와 중점 과제를 올해 나의 목표와 과제로 구체화시켜보는 것도 좋다. 그리고 동학년 선생님의 목표와 중점과제를 참고하여 한 해 동안 전문적 학습공동체를 통해 함께 운영해보는 것도 괜찮다.

4학년 P교사의 목표와 중점 교육 활동 수립의 예

우리반 한 해 목표

1. 자신의 생각을 능동적으로 표현할 수 있는 능력을 기르기

2. 규칙적인 독서 활동으로 책의 재미를 알고 독서 습관 및 바른 인성 함양하기

3. 학급 자치 활동을 통해 학생들이 학급을 스스로 이끌어 갈 수 있는 능력 기르기

4. 주어진 과제에 대하여 모둠별로 협력해서 해결할 수 있는 협력적 사고력 기르기

목표 도달을 위한 중점 교육 활동

「목표1」의 중점교육활동	● 매주 2회 주제 글쓰기 활동하기 ● 짝과 대화하며 수업에 참여할 수 있는 환경 만들기
「목표2」의 중점교육활동	● 온책읽기 활동하기 ● 읽은 책에 대하여 질문 만들고 대화하기
「목표3」의 중점교육활동	● 학급 자치 활동을 위한 회의 문화 정착 시키기 ● PBL수업 재구성을 통해 학급 자치 활동을 통한 문제 해결 하기
「목표4」의 중점교육활동	● 모둠둠별로 참여 할 수 있는 프로젝츠 수업 재구성하기 ● 협력과 관련 된 다양한 교실놀이 하기

고려사항: 교과, 창의적체험활동, 역량, 생활교육, 인성교육, 범교과, 가정연계 교육, 기초기본습관 등

1학년 K교사의 목표와 중점 교육 활동 수립의 예

우리반 한 해 목표

1. 자신과 친구를 존중하여 행복한 학급 문화를 형성한다.

2. 다양한 활동을 통해 기초 학습 능력을 습득한다.

3. 자신이 맡은 일은 스스로 하여 자기관리능력을 함양한다.

4. 자신의 몸을 소중히 여기고 안전한 생활을 실천한다.

목표 도달을 위한 중점 교육 활동

「목표1」의 중점교육활동	● 회복적 생활 교육을 통한 바른 인성 함양 ● 인성 놀이를 통해 협동적인 학급 분위기 형성 ● 지속적인 고운말 사용 지도를 통해 바른 언어 습관 형성
「목표2」의 중점교육활동	● 체험 중심의 한글 수업을 통한 한글 습득 ● 활동 수학을 통한 숫자 및 셈하기 습득 ● 아침시간 '함께 책읽기'를 통해 바른 독서습관 형성
「목표3」의 중점교육활동	● 1인 1역 활동을 통한 책임감 기르기 ● 스스로 정리정돈하는 습관 기르기
「목표4」의 중점교육활동	● 실생활에서 사용할 수 있는 체험중심의 안전 활동 ● 월 1회 가정과 연계한 안전 교육 활동 제공

고려사항: 교과, 창의적체험활동, 역량, 생활교육, 인성교육, 범교과, 가정연계 교육, 기초기본습관 등

삶과
배움을
담은
지금-여기-우리

    과거 교사에게 가르칠 '내용'은 이미 주어진 것이었다. 그래서 우리는 차시별 학습 목표와 교사용 지도서의 내용을 얼마나 충실히 전달했는지 또는 얼마나 화려하고 재미있는 기법을 적용하여 풀어내었는지에 초점을 맞추었다. 이때 교사의 역할은 교육과정 사용자, 교수자로 제한되었다. 이러한 구조와 문화 속에서 교사의 생각을 반영하여 내용을 재구성하는 것은 도전이고 모험이었다.

    하지만 지금은 그렇지 않다. 2015 개정 교육과정은 교사의 교육과정 결정자로서의 역할을 강조하고 있으며, 교사의 전문가로서의 역량은 내용을 구성하는 것에서부터 시작함을 여러 곳에서 밝히 드러내고 있다. 바야흐로 교사 교육과정의 시대가 열리고 있는 것이다. 더 이상 교사는 주어진 내용을 단순히 전달하는 역할에 고정되지 않는다. 교사는 교사의 교육관과 우리 반 아이들의 흥미와 특성, 진로에 맞게 적극적으로 '내용'을 결정하게 된 것이다.

교육과정 결정자이며 개발자인 교사가 가르쳐야 할 '내용'은 교사가 경험한 것(Doing), 알고 있는 것(Knowing), 생각한 것(Thinking), 상상한 것(Imagine), 공감한 것(Sympathize)에 영향을 받는다. 즉 교사의 존재(Being) 자체가 교사 교육과정의 내용이 된다. 이때서야 비로소 교사는 살아있는 교육과정이 된다. 살아있는 교육과정인 교사가 교육적 자율성과 창조력 상상력을 발휘할수록 교육과정은 더욱 풍성하고 다양해질 것이다.

교육과정 결정자로서의 두 기둥

교육과정 결정자와 개발자로서 교사는 두 가지 균형 잡힌 역량을 갖추어야 한다. 하나는 성취기준 중심의 교육과정 문해력이며, 또 다른 하나는 우리 반 아이들을 향한 관심과 사랑이다. 교사의 사랑에서 비롯된 관계와 세심한 관찰은 「지금·여기·우리」에게 필요한 것들을 발견하게 한다.

교육과정 문해력과 「지금·여기·우리」, 이 두 가지 요소를 적절히 조화시킬 수 있는 것이 바로 교사의 전문성이라 할 수 있다. 두 가지 요소의 조합으로부터 교사 교육과정의 '내용'이 결정된다.

> ☑ 지금 (시간) : 현재 우리 반 아이들의 관심사, 문제, 흥미, 계절의 변화, 시사성 있는 제재 등 시간적 요소 반영
> ☑ 여기 (장소) : 교실, 학교, 지역사회 등 아이들의 관심이 머무는 주변 환경, 배움의 장소를 교실에서 생활 공간으로 확장
> ☑ 우리 (교사, 학생, 학부모) : 교사의 교육관, 철학과 가치, 목표와 중점 교육 활동, 생활, 관계, 진로, 학부모의 요구 등 구성원의 특성 고려

교육과정 문해력

| 교육과정 성취기준 |
| 학교의 비전, 목표 |

+

우리 반 아이들

| 지금, 여기, 우리 |

↓

| 앎과 삶을 담은 교사 교육과정의 내용 결정 |

앎과 삶을 연결하는 열쇠, 지금 여기 우리

우리는 흔히 배움과 삶, 앎과 삶을 연결하고 통합해야 한다고 말한다. 앎을 통해 삶을 살아내지 않으면 소용이 없고, 삶을 통해 앎을 추구하지 않으면 이 또한 바람직하지 못하다. 학교와 교실에서 앎과 삶을 연결한다는 것은 구체적으로 어떤 의미일까?

[수업에서 앎과 삶을 연결하기 위한 방법]

1. 수업의 재료를 아이들의 삶에서 가져온다.
2. 배움의 결과가 아이들의 삶에서 활용되도록 한다.
3. 배움의 결과가 생활 속 습관이 될 수 있도록 한다.
4. 수업에 아이들의 문제를 담는다. (문제의 자기화)
5. 수업의 문제가 아이들의 문제가 되게 한다. (문제의 자기화)

위에서 제시된 방법에서 아이들의 앎과 삶을 여는 열쇠를 발견할 수 있다.

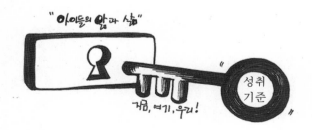

지금·여기·우리는 앎과 삶을 연결하는 열쇠이자, 동시에 국가 수준의 성취기준을 우리 반 아이들에게 적합하게 맞출 수 있는 '내용 선정의 기준'이다. 교사 교육과정에서 내용 구성의 기준은 성취기준 중심의 문해력을 바탕으로 아이들의 삶(지금, 여기 우리)과 교사의 삶을 담는다.

아이들의 앎과 삶을 연결하는 내용 구성의 예

성취기준	지금, 여기, 우리	앎과 삶을 연결하는 수업 구성
[4국01-02] 회의에서 의견을 적극적으로 교환한다.		지금 우리 반에서 문제가 되는 1인 1역 활동과 관련한 학급 회의하기
[4수05-01] 실생활 자료를 수집하여 간단한 그림그래프나 막대그래프로 나타낼 수 있다.	NOW 지금	우리 학교에서 유행하는 놀이인 딱지의 종류를 조사하여 그림그래프 또는 막대그래프로 나타내기
[2바04-01] 공공장소의 올바른 이용과 시설물을 바르게 사용하는 습관을 기른다.		가을 현장학습 장소를 미리 알아보고, 장소에 따른 예절과 시설물 이용 방법 탐색하기
[2슬02-03] 봄이 되어 볼 수 있는 다양한 동 식물을 찾아본다.		학교 옆 공원에 가서 봄에 발견할 수 있는 다양한 동·식물 관찰하기
[생활안전 01-03] 운동장이나 놀이터에서의 위험 요인을 알고 안전하게 놀이한다.	여기	우리 학교 놀이터와 운동장에서 다칠 수 있는 곳은 어인지 조사하여 발표하기
[4사03-04] 우리 지역과 관련된 역사적 인물의 삶을 알아보고, 지역의 역사에 대해 자부심을 갖는다.		우리 지역 문화재 체험학습을 하며 인물의 삶을 조사하며 자부심 갖기
[4국05-04] 작품을 듣거나 읽거나 보고 떠오른 느낌과 생각을 표현한다.		교사 교육과정의 목표와 연계하여 온 책 읽기 수업으로 재구성
[4수01-16] 분모가 같은 분수의 덧셈과 뺄셈의 계산 원리를 이해하고 계산할 수 있다.	우리!	분수를 어려워하는 우리 반 아이들을 고려하여 해당 수업 시수 증배 및 실생활 내용 구성
[6도02-01] 사이버 공간에서 발생하는 여러 문제에 대한 도덕적 민감성을 기르며, 지켜야 할 예절과(중략)		학급 내 관계의 문제를 해결하기 위해 단체 채팅방 언어 예절 문제와 연계한 수업 구성

앎과 삶을 연결한 블록형 수업 설계 사례

[즐02-03] 봄에 볼 수 있는 동식물을 다양하게 표현한다.

[즐02-04] 여러 가지 놀이나 게임을 하면서 봄나들이를 즐긴다.

 성취기준을 보니, 교과서로 수업하기에는 무리가 있겠군.
올 한해 체험을 통한 배움을 목표로 세웠으니, 학교 인근 공원에서 봄에 볼 수 있는 동식물을 직접 관찰하고 봄나들이와 놀이로 수업 내용을 구성 해야겠어!

성취기준 해석

지금, 여기, 우리 반영

봄에 볼 수 있는 동식물(지식) 다양하게 표현하기(기능) 여러 가지 놀이나 게임하기(기능) 봄나들이 즐기기(태도)	**+**	· 학교 주변에 봄 나들이를 가서 동식물을 관찰할 만한 장소가 있을까? (지금, 여기) · 1학년 아이들이 비교적 쉽게 표현할 수 있는 방법은 뭐가 있지? (우리) · 짝과 함께 보물찾기 놀이를 하며 협동심도 기르고 봄나들이도 즐겨야지! (우리)

↓   블록형 내용 구성   ↓

블록1	블록21	블록3
학교 옆 생태공원으로 나들이를 가서 봄에 볼 수 있는 동·식물 관찰하기	봄 나들이에서 여러 가지 놀이를 하며 봄을 즐기기	관찰한 것이나 사진 찍는 내용을 그림으로 표현하거나 정지 동작으로 표현하기

↓블록형 내용 구성 후 고려사항↓

· 나들이를 가려면 탄력적인 집중형 시간표가 편성해야겠네! (전일제 형태)
· 현장체험학습 전 안전지도를 포함한 내부결재를 상신해야지!
· 학교 옆에 생태공원에 봄 꽃이 필 때를 고려하여 단원 지도시기를 조정해야겠어!
· 봄 나들이에서 할 놀이 활동은 평소 쉬는시간에 조금씩 해 봐야지!
· 조금 더 구체적인 활동을 구성해볼까? (학년별 전문적 학습공동체 시간 활용)

↓ 세부 내용 결정 ↓

(전문적 학습공동체 활용)

작은 블록1		작은 블록2		작은 블록3	
봄에 볼 수 있는 식물 관찰하기	봄에 볼 수 있는 동물 관찰하기	보물찾기 놀이하기	얼음땡 놀이하기	그림이나 동작으로 표현하기	친구들 앞에서 발표하기

내용 구성의 방법적인 측면

지금까지 성취기준에 아이들의 앎과 삶을 연결하는 '지금·여기·우리'에 대해 살펴보았다. 여기서는 내용을 구성하는 방법적인 측면 5가지에 대해 살펴보겠다. 이전까지의 논의가 교사 교육과정의 내용에 무엇을 담을 것인가 하는 것이었다면, 여기서는 어떤 방법을 활용하여 내용을 효과적으로 담아낼 것인지에 대해 살펴보자.

[교사 교육과정 내용 구성의 다섯 가지 방법]

구분	설명
＋ 추가	목표, 중점 교육활동, 학습자 발달 단계, 기초학력, 흥미, 학습 곤란도 등을 고려하여 단원 내용 추가
― 축소	성취기준과 관련성이 덜한 차시나 타 교과와 중복된 내용, 지식 전달 중심의 내용 등 교사의 판단에 따라 내용 및 차시 축소
⇄ 대체	단원 일부가 부적절하다 판단하여 학생의 삶과 관련된 내용이나 학생 중심 활동, 또는 부족한 기초 지식과 개념 등 우리 반 아이들의 필요에 맞게 내용 대체
∞ 통합	목적이나 내용 등 유사한 내용이 많은 경우 타 교과 또는 단일 교과 내 다른 단원과 통합적인 내용 구성
⬦ 시기조정	계절, 학교 행사, 학기 시작과 끝, 국경일, 현장학습, 학습 난이도 등과 연계한 수업을 위해 단원의 지도 시기 조정
✍ 개발	교과서 차시 목표와 내용에 구애받지 않고 성취기준을 해석하여 우리 반 아이들의 특성에 맞게 목표, 내용, 활동지 등 수업 개발

성취기준이 너무 많아요, 교과서대로 운영하는 수업도 어렵지만, 성취기준이 생각보다 많아 성취기준을 중심으로 가르칠 내용을 선정하는 것도 어려운 것 같아요.

교육과정이 개정될 때마다, 반복적인 특징으로 제시되는 게 있다. 바로 수업 내용과 성취기준 수를 줄여 학습 부담을 경감했다는 것이다. Less is more, 더 적게 가르치면서 깊이 있는 배움을 지향한다. 이런 추세는 2015 개정 교육과정도 마찬가지이다.

구분	국어	영어	수학	사회	과학
2009 개정	183	142	282	242	311
2015 개정	161	92	226	183	243
성취기준 감축량	▽22 (12%)	▽50 (35.2%)	▽56 (19.8%)	▽59 (24.4%)	▽68 (21.9%)

개정 교육과정 각론 주요 내용(교육부, 2015)

위 표를 보면 성취기준 개수가 많이 줄어들었다는 것을 확인할 수 있다. 개정 때마다 성취기준 수와 학습량을 줄이고 있지만, 현장의 체감은 그리 크지 않은 것 같다. 왜일까? 여기에는 여러 가지 원인이 복합적으로 작용한다.

우선 교사가 성취기준 중심의 수업과 평가에 아직 익숙하지 못해서 그런 것이 아닌가 생각해 본다. 성취기준을 기초로 수업을 재구성했지만, 교과서 내용도 아까워 재구성한 내용과 함께 다루거나, 무리한 욕심에 의한 재구성으로 학생의 발달 단계와 교사의 수업 준비 시간은 고려하지 않은 채, 과도한 활동을 계획하기도 한다.

또한 여전히 성취기준은 교사의 재량에 따라 수업을 설계하고 적용하기에 촘촘하고 세분화되어 있으며 개수도 많은 것이 사실이다. 지금보다 성취기준의 개수는 훨씬 더 줄이고, 성취기준을 유연하게 해석하여 수업과 평가 장면에 적용할 수 있도록 개정되어야 할 것이다. 앞으로 성취기준에 대한 교사의 자율권과 재량권이 강화될 경우, 교사 교육과정의 목표와 내용에 적합한 나만의 성취기준이 사용될 시기가 멀지 않았다고 생각한다.

성취기준을 해석하는 방법에 있어서도 다양한 차이가 존재한다. 성취기준을 보다 유연하게, 맥락적으로 해석할 필요가 있다. 수업할 성취기준의 지식과 기능을 구분한 후, 이를 기준 삼아 교과서 내용을 과감하게 덜어내고, 교사의 수업 철학과 우리 반 아이들의 발달 특성을 고려한 활동을 추가하면 된다. 성취기준은 교사를 구속하는 올무가 아니다. 효과적으로 활용한다면 오히려 교사의 부담을 덜어준다.

우리는 성취기준을 생략하여 지도할 수 없지만, 재구조화하여 수업과 평가의 부담을 일정 부분 덜어낼 수 있다.

🌑 성취기준의 재구조화[6)]

교육과정 성취기준을 실제 평가의 상황에서 준거로 사용하기에 적합하도록 보다 구체적이고 명료하게 하는 것을 의미한다. 다만, 성취기준을 통합하거나 일부 내용을 압축하여 재구조화할 경우, "성취기준의 내용 요소 일부가 임의로 삭제되지 않도록 유의"해야 한다.

(2019. 학교생활기록부 기재 요령 80쪽)

---

6) 필자가 집필 위원으로 참여한 2020. 경상남도 초등학교 교육과정 편성운영 도움자료 중 일부 내용을 발췌하여 제시한다.

🔮 성취기준 통합하기 ①

· 수업 주제에 따라 관련성 있는 성취기준을 연결하여 탄력적인 교육과정을 설계할 수 있다. 성취기준의 연결은 성취기준 도달을 위해 차시의 양을 줄일 수 있으며, 교사 재량에 의해 다양한 활동이 가능하다.

[4사04-05]사회 변화 (저출산·고령화, 정보화, 세계화 등)로 나타난 일상 생활의 모습을 조사하고, 그 특징을 분석한다.	[연결]	[4수05-02] 연속적인 변량에 대한 자료를 수집하여 꺾은선그래프로 나타낼 수 있다. [4수05-03] 여러 가지 자료를 수집, 분류, 정리하여 자료의 특성에 맞는 그래프로 나타내고, 그래프를 해석할 수 있다.

· [사회과] 사회 변화 조사 + [수학] 꺾은선 그래프 성취기준의 연결

· 사회 변화를 조사한 결과를 꺾은선 그래프로 나타내는 수업 설계를 통해 교과 통합 수업이 가능하며, 교과 간 중복되는 내용을 통합하여 학습량 적정화 효과

· 사회 변화를 꺾은선 그래프로 나타내고 특징을 분석하는 서술형 평가를 실시하여 두 교과의 통합적 평가 가능, 실제적 맥락에 맞는 수행평가 실현

🔮 성취기준 통합하기 ②

· 하나의 성취기준이 다른 성취기준과 내용상 위계가 있어 통합이 가능한 형태를 뜻한다. 즉 Ⓐ 성취기준 도달을 위해서는 Ⓑ 성취기준의 도달이 선행되어야 한다.

Ⓐ [4수02-05] 평면도형의 이동을 이용하여 규칙적인 무늬를 꾸밀 수 있다.	⊃ [통합가능]	Ⓑ [4수02-04] 구체물이나 평면도형의 밀기, 뒤집기, 돌리기 활동을 통하여 그 변화를 이해한다.

· 규칙적인 무늬를 꾸미기 위해서는 평면도형의 밀기, 뒤집기, 돌리기를 사전 이해해야 가능

· 각 교과의 성취기준 간 내용상 위계가 명확한 경우 통합이 가능한 형태로 이 경우에도 각 성취기준 도달 여부에 대한 교사의 면밀한 관찰 및 과정 중심 평가가 함께 이루어져야 함

성취기준의 재배치

교과서에 제시된 순서대로 교육과정을 운영하는 것이 아니라 배움이 일어날 수 있도록 성취기준을 새롭게 재배치할 수 있다. 교육과정 재구성의 주제를 선정하고 관련된 성취기준의 선택 및 분석을 통해 주제에 맞게 재배치한다.

기존 교과서 지도 시기		[재배치]	단원 재배치	
3월	[4국05-04] 1. 생각과 느낌을 나누어요		3월 ~ 4월	독서 단원
				[4국05-04] 1. 생각과 느낌을 나누어요
4월	[4국01-04] 3. 느낌을 살려 말해요			[4국05-03] 5. 내가 만든 이야기
6월	[4국05-03] 5. 내가 만든 이야기			[4국05-04] 10. 인물의 마음을 알아봐요

· 문학과 관련된 성취기준을 3월로 지도 시기 조정
· 학기 초 독서 습관 형성과 온 책 읽기와 연계한 성취기준 재배치

성취기준 중심으로 교과서 골라 쓰기

· 교과서의 내용은 모든 개별 학생들의 삶, 흥미, 수준, 능력 등을 반영하기 어렵다.

학생들의 역량을 키우기 위해서는 그 삶이 반영된 교육과정이 필요하나, 모든 수업을 새롭게 디자인하기는 힘든 실정이다. 이 때, 성취기준을 중심으로 교과서 차시 수업을

골라 쓰면 교육과정 재구성이 가능하다. 성취기준과 직접적인 연관성이 없는 차시 주제를 생략하고 확보된 시수로 실제적 맥락에서 활용할 수 있는 수업내용을 구성하면 학생들의 역량을 키울 수 있는 교육과정 재구성이 가능하다.

성취 기준 [2수05-01] 교실 및 생활 주변에 있는 사물들을 정해진 기준 또는 자신이 정한 기준으로 분류하여 개수를 세어보고, 기준에 따른 결과를 말할 수 있다.

단원	기존 교과서 수업 내용		성취기준 중심으로 교과서 골라 쓰기	
	차시	내 용	차시	내 용
2학년 수학 5. 분류 하기	1	단원 도입	1	분류 기준의 필요성 알기
	2	분류 기준의 필요성 알기	2	기준에 따라 분류하기
	3	기준에 따라 분류하기	3	기준에 따라 분류하고 수 세기
	4	카드 분류 놀이하기	4	기준에 따라 분류한 결과 말하기
	5	기준에 따라 분류하고 수 세기	5	식물도감 만들기 프로젝트(재구성)
	6	기준에 따라 분류한 결과 말하기	6	
	7	단원평가	7	
	8	팔찌 만들기	8	프로젝트 결과 나누기

· 1, 4, 8차시 생략으로 3차시 분량의 시간 확보
· 확보된 3차시로 "[2슬04-03] 여름에 볼 수 있는 동식물을 살펴보고 그 특징을 탐구한다."슬기로운 생활의 성취기준을 연결하여, 우리 학교 식물의 조사 분류 후 '식물도감 만들기 프로젝트'로 교육과정 구성하기
· '식물도감 만들기 프로젝트'활동으로 성취기준 도달 여부를 판별할 수 있으므로, 지필평가 위주의 7차시 단원평가를 생략하고 피드백 활동하기

03 – 교사 교육과정의 방법

나무와
숲을
함께 보는
안목

단위 수업

성취기준 도달 과정

등산을 할 때면, 우리의 시선은 우선 등산로 주변의 울창한 나무에게로 향한다. 조금 더 가면서 나무를 하나 둘 씩 지나치다보면 어느새 갈림길이 나오고, 조금 더 가다보면 전망이 탁 트인 산중턱에 이르곤 한다. 처음에는 내 주변 나무만 보이던 것이 전체적인 산세나 울창한 숲이 눈에 들어온다. 나무는 나무대로, 숲은 숲대로 저마다의 매력을 가지고 있다.

나무를 본다는 것은 단위 수업(차시 또는 블록)에서의 구체적인 학생 활동과 발문, 수업기법, 피드백, 평가 등을 선정하고 활용할 수 있는 능력이다. 이에 반해 숲을 본다는 것은, 성취기준을 하나의 기본 단위로 수업을 이해하는 것이다. 성취기준 도달이라는 숲을 볼 수 있는 안목이 있다면 차시 수업에 매몰되지 않고 균형 잡힌 관점을 갖게 된다. 숲 전체를 조망하며 차시 수업을 유기적으로 연결시킬 수 있게 된다.

숲(성취기준)을 보는 안목과 수업 방법

최근 성취기준 중심의 수업과 재구성이 강조되고 있다는 사실은 교사에게 숲을 볼 수 있는 안목을 길러야 한다는 것을 의미한다. 과정중심평가 또한 마찬가지다. 과정중심평가에서 '과정'은 성취기준의 도달 과정이기 때문이다.

과거 단위 수업에서 활용되는 수업 기법, 구조, 모형 등에 교사 전문성을 집중했었다면, 이제는 단위 수업인 나무를 보는 안목과 함께 숲을 조망할 수 있어야 할 것이다. 성취기준 도달을 중심으로 수업의 중심축이 옮겨가고 있으며 교사의 역할이 교육과정 사용자를 넘어 교육과정 개발자와 결정자로서 역할이 확장되기 있기 때문이다.

성취기준 중심의 수업에서는 내용과 방법의 구분이 모호해지는 특징이 있다.

다음의 사례를 함께 살펴보자.

[6국03-05] 체험한 일에 대한 감상이 드러나게 글을 쓴다.

위 성취기준을 적극적으로 해석하여 평소 학생 중심 체험활동을 중요시하는 교사의 목표에 맞추어 다음과 같이 수업을 구성하였다.

수업진행 ••▶

도서관에서 체험이 잘 드러난 책 찾아 읽기	체험하는 글을 쓰는 방법 알기	급식 검수과정 참여하기	급식 검수과정을 체험한 글 쓰기
❶	❷	❸	❹

내용과 방법의 구분이 비교적 분명한 수업은 ❷번이다. 내용은 '체험하는 글을 쓰는 방법' 이 될 것이고, 수업 방법은 교사의 직접 교수법이나 활동지를 활용한 짝-모둠 학습이나 지식탐구학습 모형의 단계를 적용해보는 것도 괜찮다.

하지만 ❶, ❸번 수업은 내용과 방법의 구분이 모호하다. 도서관에서 책을 찾아 읽는 활동은 그 자체가 '내용' 이면서 동시에 '체험' 이라는 방법과 연결되어 있다. 급식 검수과정에 참여하는 것도 참여하는 것 자체가 수업의 내용이면서 곧 방법이 된다. 즉 내용과 방법이 밀접하게 연결되어 있다고 볼 수 있다.

따라서 성취기준 중심 수업을 구성할 때는 내용을 구성하는 것이 때로는 방법을 결정하는 일이 될 수 있다는 사실을 기억해야 한다. 그리고 성취기준의 바른 해석을 바탕으로 내용이 결정되고, 내용을 효과적으로 학습할 수 있는 적합한 방법이 자연스럽게 도출될 수 있다는 사실을 알고, 적합한 방법을 결정해야 할 것이다.

성취기준에 대한 문해력의 부족과 내용과 방법의 불일치로 인해 현장에서는 많은 문제가 발생한다. 한 가지 예를 들어 보자.

[6사08-05] 지구촌의 주요 환경 문제를 조사하여 해결 방안을 탐색하고, 환경 문제 해결에 협력하는 세계 시민의 자세를 기른다.

성취기준에는 '조사하여 해결 방안을 탐색하고'라는 기능과 '세계 시민의 자세를 기른다'라는 태도가 포함되어 있다. 하지만 이 수업을 교과서에 제시된 '교과 지식'을 중심으로 가르치고 그 내용을 지필평가(서술형)으로 평가했다면, 이는 교육과정 문해력이 부족해서다. 또한 성취기준의 내용과 수업 및 평가 방법이 적절하지 못한 사례가 된다.

[성취기준 내용에서 자연스럽게 유추된 수업 방법의 예]

(내용) 지구촌의 주요 환경 문제 ➔ (방법) 조사하고 해별방안 탐색
(내용) 협력하는 세계 시민의 자세 ➔ (방법) 캠페인과 지속적인 실천체크리스트 기록

(앎과 삶의 담은 **내용**) + (내용에서 비롯된 **방법**) ➔ **성취기준 및 수업 목표 도달**

나무(단위 수업)를 보는 안목과 수업 방법

　이제는 나무를 보는 안목에 대해 살펴보자. 사실 나무를 자세히 보는 것에서부터 수업은 시작된다. 한 차시 한 차시 수업이 모여 단원을 이루고 학기와 학년을 만들어간다. 내실 있는 단위 수업 없이 프로젝트나 주제 중심 수업이 완성될 수 없다.

　차시 수업에도 교사 교육과정의 목표, 내용, 방법이 투영된다. 여기서는 교사의 수업 철학과 목표와 관련하여 단위 수업에서 어떠한 수업 방법이 활용될 수 있는지 살펴보자.

수업철학 (교사 교육과정의 목표)	수업 철학을 실현하는 수업 적용 방법
흥미와 호기심으로 수업에 몰입하게 하라	지금, 여기, 우리와 관련된 내용은 아이들의 호기심을 끌기에 충분한 제재이다. 가급적 자극적이지 않은 면서도 성취기준과 연계될 수 있도록 동기를 유발한다.
단위 수업 중 활동은 사고의 흐름을 따라 자연스럽게 연결하라	수업 중 활동은 논리적으로나 심리적으로 자연스럽게 연계될 수 있도록 구성하고, 적절한 연결고리(발표, 정리, 질문, 수업 진행 등)를 마련한다.
서로 협력하게 하라	상대평가가 아닌 절대평가하기, 경쟁보다는 자신의 과제와 우리 모둠의 과제에 집중하게 한다.
서로 묻고 서로 답하게 하라	거수-지명-발표보다는 혼자생각하기-짝토론을 통해 자기 나름의 생각을 가지도록 한다.
자기나름의 생각을 가지고 전원이 참여하게 하라	모든 활동의 단계를 세분화하여 이해하기 쉽도록 한다. 전원의 생각을 교류하여 분류, 분석하여 배울 점을 찾아내도록 한다. (개인칠판, 칠판 나누기 등)

도전하고 도전하여 스스로 문제를 해결하도록 하라	근접발달영역의 도전 과제를 제시한다.(연습시간을 주고 관찰하여 도전할만한 기준의 과제를 제시한다.)
고난에 빠뜨리되 헤쳐 나갈 실마리를 주어라	학습 내용에 있어 학생들이 지적 고난과 혼란을 일으키는 요소를 항상 준비한다.
수업 중에 한 번은 움직이게 하라	일어서서 나누기, 교실산책, 전시장 관람구조, 하나가고 셋 남기, 셋 가고 하나남기, 코너 토의 토론 등을 운영한다.
지식을 탐구하는 기회를 제공하라	다양한 사례의 공통점과 차이점을 추출하여 지식을 일반화하는 경험(귀납적)과 경험의 관계 분석을 통해 지식을 발견하는 수업 방법(연역적)을 활용한다.
배운 내용은 실제 상황에서 활용하는 경험을 제공하라	배운 내용은 지금, 여기, 우리와 관련된 문제 상황에서 실제로 활용할 수 있는 활동을 구성한다.
기초 학습 습관을 함양시키자	학습목표 제시, 효과적인 발문, 수업 흐름, 판서 등 기초 기본 학습 습관 형성을 돕는 수업 기법을 적용한다.

참고자료: 교사 수준 교육과정 실천편(경상남도교육청, 2018) 수정 · 편집

숲은 건강한 나무들이 함께 있을 때 만들어진다. 단위 수업은 매 순간 교사의 교육과정 운영에 있어 가장 본질적이며 핵심적인 요소이다. 완성도 높은 한 차시 수업을 위한 교사의 수업 방법에 대한 고민은 교사의 수업 능력을 신장시킨다. 효과적인 수업 기법이나 방법은 성취기준 도달의 윤활유와 같다.

교사주도 - 학생주도 수업 방법의 조화

    최근 교사가 주도하는 수업이 학생의 창의성과 미래 역량을 저해하는 요인으로 오해하는 사람들이 많다. 심지어 교사들 중에서도 그러하다. 본시 수업 방법이라는 것은 교과 특성, 수업에서 가르치고자 하는 지식의 성격, 성취기준, 우리 반 학생의 성취도, 발달단계, 선호하는 학습 유형 등 다양한 요인이 복합적으로 작용하여 결정되어야 한다. 이처럼 복합적인 요소들을 고려하여 해당 수업에서 가장 효율적인 수업 방법은 결국 교사가 결정하는 것이다. 교사가 수업 방법을 결정할 때에는 이처럼 다양한 요소를 고려함과 동시에 단순히 구분 짓자면 교사 주도 방법과 학생 주도 방법을 적절히 조화시켜야 한다. 마치 하나를 선택하면 하나를 포기하는 것처럼 인식할 성격의 문제가 아니다. 진정 문제가 되는 것은 특정 수업 방법이 마치 진리인 것처럼 모든 수업에 일률적으로 적용하고자 하는 태도이다. 학생의 배움과는 상관없이 교사 설명 일변도로 진도 나가기에 급급한 교사 주도의 수업이나 학생이 무엇을 배우는지 어떻게 사고하는지 관계없이 그저 스스로 활동하는 것만을 목적 삼아 아이들에게 모든 것을 맡겨버리는 학생 주도 수업은 둘 다 매우 위험하고 비판받아 마땅한 것이다. 교사 교육과정에서는 교사 주도 수업과 학생 주도 수업의 적절한 균형을 갖추어야 한다. 교사는 해당 수업에서 가장 효과적인 수업 방법을 구안하여 적용하는 능력을 갖추어야 할 것이다.

[교사 주도 방법과 학생 주도 방법이 조화된 수업 유형의 예]

◉ 유형1

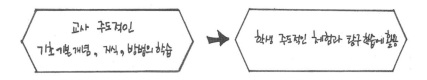

교사 주도적인
기초 기본개념, 지식, 방법의 학습 ➡ 학생 주도적인 체험과 탐구 학습에 활용

◉ 유형2

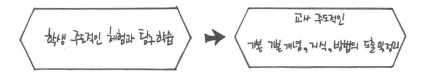

학생 주도적인 체험과 탐구 학습 ➡ 교사 주도적인
기본 기본개념, 지식, 방법의 도출 및정리

◉ 유형3

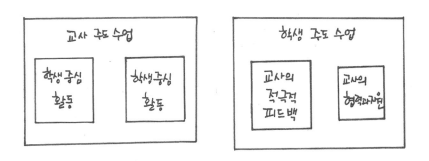

교사 주도 수업

학생 중심 활동

학생 중심 활동

학생 주도 수업

교사의 적극적 피드백

교사의 협력과지원

04 - 교사 교육과정의 평가

**학생과 교사가
함께
성장하는
디딤돌**

   최근 변화된 평가의 패러다임은 '과정' 중심평가, '성장' 지향평가, '준거' 지향평가, '대안적' 평가 등의 용어에 고스란히 담겨져 있다. 과정중심의 평가가 현장에 도입된 지 몇 년의 시간이 흘렀고 평가를 바라보는 관점이 상당히 개선되었음을 인정하지 않을 수 없다. 하지만 여전히 과거 지식 중심의 평가 관행과 문화, 평가와 학력에 대한 고정관념, 입시 위주의 수능이 건재한 까닭에 변화는 시작되었으나 곳곳에서 갈등과 혼란이 공존하고 있는 실정이다. 과정중심평가 전반을 다루기에는 책 한 권 분량도 부족하지만 이번 장에서는 교사 교육과정과 직접 연계된 몇 가지 측면만 강조하여 다루고자 한다.

학생평가는 교육 활동의 불가결한 구성 요소로서, 학생이 학교 교육을 통해 학습한 성과를 확인하려는 목적, 학생의 교육적 성장과 발전을 돕기 위한 목적, 향후 교수·학습 과정의 계획을 수립하기 위한 목적으로 행하는 중요한 교육적 행위이다. (교육부, 2017) 즉 평가의 목적은 교사의 수업을 성숙시키고 학생의 배움을 돕기 위함이다.

교사에게	학생에게
·수업 개선에 필요한 피드백 제공 ·학생 수준 파악 정보 제공	·강·약점에 대한 피드백 제공 ·배워야 할 지식, 개념, 기술에 대한 학생들의 이해도 제고

↓

교사를 세우고, 학생을 성장시키는 것이 바로 평가의 목적

과정중심평가에서 '과정'의 의미

   과정중심평가는 과거의 평가가 암기된 결과로써의 지식을 100점 만점의 점수로 환산하여 객관식 문항으로 측정하였다는 비판에서 시작된다. 암기된 지식을 선다형 문항에서 선택하는 객관식 위주의 평가는 앞으로 다가올 미래 사회의 인재를 길러내기에 적합하지 않을 뿐 아니라, 이러한 평가 방식이 공교육과 학생의 수동적인 암기 위주의 배움 방식을 결정하는 부작용을 가져 반드시 개선이 필요했다. 과정 중심평가라고 해서 과정만을 평가한다는 의미는 아니다. 과거 결과 위주 평가로 쏠려 있는 균형을 바로 잡고 과정과 결과를 고루 평가하겠다는 의지가 담겨있는 표현이라 볼 수 있다.

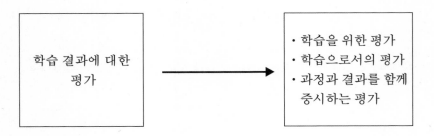

   결과중심의 평가에서 벗어나기 위한 대안으로 제시된 과정중심평가에서 '과정'은 중의적인 의미를 지닌다.

[과정중심평가에서 '과정'의 의미]

순	과정의 의미	범위
1	배움의 과정	한 학기 또는 한 해
2	프로젝트 수업 과정	여러 단원
3	성취기준 도달 과정	한 단원
4	단위 수업 과정	한 차시

수업에서 과정의 모든 의미를 다 구현해야 한다는 뜻은 아니다. 다만 한 차시 수업에도 과정을 살려낸 수업과 평가를 할 수 있으며, 마찬가지로 한 단원, 또는 다양한 단원을 아우르는 프로젝트 수업에서도, 또한 보다 넓게 보았을 때 한 학기 또는 한 해의 과정을 평가할 수도 있다는 의미이다. 어떠한 과정에 강조를 둘 것인가 하는 것은 수업 상황에 따라 다르고 교사의 의도와 목표에 따라 달라질 것이다.

중요한 것은 교사 교육과정에서 과정중심평가는 위 4가지 과정의 의미를 모두 아우를 수 있다는 것이다. 특히 교사 교육과정이라는 보다 긴 호흡과 종합적인 안목으로 보았을 때, 교사가 진정으로 평가해야 할 과정은 아이들의 한 학기 또는 일 년 동안 배움의 과정이며, 앎과 삶의 과정이다. 교사가 세운 교사 교육과정의 목표 도달 과정을 수업, 창체, 일상생활, 관계 등 종합적이며 입체적으로 긴 호흡과 안목을 활용하여 평가할 수 있는 것이다.

각 과정의 의미에 따라 어떻게 과정중심평가가 이루어질 수 있는지 간단히 살펴보자.

❶ 배움의 과정 (한 학기 또는 한 해)에서 과정중심평가

🔵 교사 교육과정의 목표: 자신의 의견을 적극 표현하며 의사소통능력

을 기른다.

(평가 과정)••▶

내가 좋아하는 것과 싫어하는 것 구술평가 (자율)	독서 토의 토론 평가 (국어)	생활 문제 조사 및 나의 의견 발표 평가 (사회)	나의 꿈과 진로에대해 포트폴리오 발표 평가 (진로)	성장 기록 (나이스)
3월	6월	9월	12월	2월

◉ 특징

· 교사 교육과정의 목표를 염두에 두고, 한 해 동안 교과와 창체의 성취기준을 고려하여 다양한 내용과 방법으로 목표 도달 과정을 평가할 수 있다.

· 이렇게 평가한 과정은 학교생활기록부에 성장과 발달을 중심으로 기록된다.

· 형식적인 평가와 비형식적인 평가를 적절히 활용한다. 형식적인 평가는 사전 평가 계획을 결재 받고 결과가 나이스 교과 평가에 기록되는 형태를 뜻하며, 비형식적인 평가는 형성평가 등 교사의 재량에 의해 자유롭게 실시되는 평가를 의미한다.

· 학생의 학습 정도에 따라 평가 문항 난이도를 점진적으로 높여간다.

❷ 프로젝트의 과정에서 과정중심평가

🔵 프로젝트명: 우리 고장 답사기 (30차시)

(국어)우리 고장의 문학 작품 감상하기	우리 고장	(미술)우리 고장의 미술관 답사하고 표현하기
(음악)우리 고장의 음악 감상하기		(사회)우리 고장의 자연, 인문환경 탐구하기

(사회)우리고장의 자연, 인문환경 탐구하기	(국어) 우리고장의 문학 작품 감상하기	(음악) 우리고장의 음악 감상하기	(미술) 우리고장의 미술관 답사하고 표현하기
5월 1주 관찰평가	5월 2주 자기평가	5월 3주 관찰평가	6월 1주 실기평가

◉ 특징
- 프로젝프로젝트의 진행 과정에서 성취기준 도달 여부를 확인할 필요가 있거나, 성취기준 도달을 효과적으로 지원할 필요가 있는 수업에서 과정중심평가를 계획하고 실천한다.
- 다양한 교과가 통합된 프로젝트 수업의 경우, 해당 교과의 수업이 마무리될 때쯤 평가하거나 프로젝트의 활동과 의미가 전환되는 지점에서 평가하는 방법도 있다.

❸ 성취기준의 도달 과정에서 과정중심평가

단원	6학년 2학기 6. 원기둥, 원뿔, 구	성취 기준	[6수02-08] 원기둥을 알고, 구성 요소, 성질, 전개도를 이해한다. [6수02-09] 원뿔과 구를 알고, 구성 요소와 성질을 이해한다.

수업 과정 ●●➤

원기둥 알기	원기둥의 구성 요소 알기	원기둥의 전개도 알기	원뿔과 구 알기	원뿔과 구의 구성요소와 성질 알기	다양한 모양 만들기	실생활에서 적용하기
1차시	2차시	3, 4차시 (실기평가)	5차시	6차시	7, 8차시 (실기평가)	9, 10차시

◉ 특징
- 성취기준 도달 과정에서 핵심적인 내용이나 아이들이 어려워하는 지점에 과정중심평가와 피드백을 배치한다.
- 성취기준 도달 과정에서 다음 단계로 넘어가지전, 반드시 알아야 하는 지점에 과정중심 평가와 피드백을 배치한다.

❹ 단위 수업 과정에서의 과정중심평가

🔵 배움 주제 : 우리 고장의 중심지 찾기

수업 과정 ●●●▶

동기유발 및 전시학습상기	학습주제 및 배움 과정 안내	관광지도와 버스노선 탐색하기	우리 고장의 중심지 찾기	서 로 공유하며 설명하기
진단평가	관찰평가 (형성평가)			상호평가

● 특징
· 단위 수업의 학습 목표 도달을 위해 이전 시간에 배운 중심지의 개념에 대해
발문이나 짝과 설명하기 활동으로 진단평가를 실시한다. 중심지 개념은 본 차시
학습목표 도달에 필수적인 사전 개념이므로, 수업 전 모두가 이해할 수 있도록
준비한다.
· 평가는 꼭 시험지 형태일 필요가 없다. 교사의 발문, 학생이 스스로 하는 평가,
짝이 하는 질문 등 다양한 형태의 효과적인 방법을 활용하여 평가할 수 있다.
· 지도와 버스 노선을 탐색하여 중심지를 찾는 활동은 관찰평가를 통해 즉각적인
피드백을 제공하여 수업 목표에 도달할 수 있도록 지원해야 한다.
· 수업이 끝날 때 쯤, 자신이 찾은 중심지의 위치를 짝에게 설명하게 하여 배움의
내용을 강화하며, 서로 내용을 평가하며 들을 수 있도록 안내한다.
· 단위 수업에서 활용되는 수업 과정에서의 평가와 피드백은 학습 목표 도달에
효과적으로 기여한다.
· 단위 수업에서 내실있게 이루어지는 과정중심평가와 배움중심수업으로 인해
성취기준 도달이 가능하다.

평가 유형과 방법의 결정

    학교 현장에서 평가와 관련하여 가장 먼저 접하는 고민은 바로 평가 계획을 수립하는 것이다. 4월이 되면 정보공시에 학년(급)별 평가 계획을 탑재해야 하고, 평가 계획에는 평가 유형인 지필평가와 수행평가가 결정되어야 하기 때문이다.

    평가 유형을 결정하는 기준은 바로 '성취기준'이다. 앞에서 이미 다루었지만, 성취기준에는 수업의 '내용'이 포함되어 있고, 내용에 적합한 '방법'이 도출되며, 이러한 내용과 방법을 효과적으로 달성할 수 있도록 과정과 결과를 돕는 것이 바로 과정중심평가이기 때문이다. 즉 성취기준으로부터 평가 유형과 방법도 자연스럽게 도출된다.

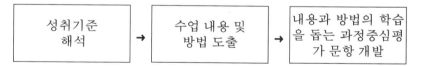

몇 개의 성취기준을 살펴보며 보다 자세히 알아보자.

❶ [6과03-01] 물질이 물에 녹는 현상을 관찰하고 용액을 설명할 수 있다.

❷ [6국02-03] 글을 읽고 글쓴이가 말하고자 하는 주장이나 주제를 파악한다.

❸ [6사02-03] 인권 보장 측면에서 헌법의 의미와 역할을 탐구하고, 그 중요성을 설명한다.

❹ [6수01-02] 약수, 공약수, 최대공약수의 의미를 알고 구할 수 있다.

　다음의 4가지 성취기준을 해석해보면, 수업과 평가의 방향이 보이고 또한 평가의 유형과 방법도 보인다. 몇 번 성취기준을 지필평가로 실시하는 것이 좋겠는가? 그리고 어느 수업에서 과정을 중시하는 수행평가가 적합하겠는가?

　문제의 해답은 성취기준의 종결어미에 있다.

❶ 관찰하고 설명한다.　　　❷ 파악한다.

❸ 탐구하고 설명한다.　　　❹ 알고 구할 수 있다.

이쯤에서 지필평가와 수행평가에 대한 개념도 살펴보자. 수행평가에 대한 정의는 비교적 지역을 불문하고 공통적인 개념을 갖추고 있다. 수행평가의 개념을 정의하기 위해 학교생활기록부 기재요령과 교육과정 총론 해설서에 제시된 수행평가의 개념에서 수행평가가 갖추어야 할 다음과 같은 공통점을 도출할 수 있다.

[수행평가가 갖추어야 할 조건]

1. 실제적 맥락이 있는 수행 과제 (Performance)
2. 과정 + 결과 3. 직접 관찰
4. 인지 + 행동 + 정의
5. 고등사고능력의 측정 (단순기억 X)

수행평가 문항이 위의 조건을 항상 모두 만족해야 하는 것은 아니다. 교과의 특성과 성취기준에 따라 서로 다른 조건을 요구한다. 하지만 위의 조건은 수행평가인지 지필평가인지 구분하는 유용한 기준이 되어 준다.

위 조건 중 실제적 맥락이 있는 수행 과제와 실제 수행을 통한 과정을 평가하는 것이 수행평가의 핵심이라 하겠다.

〈수행평가가 갖추어야 할 조건에 따른 평가 사례〉

┌─ 평가할 성취기준 ─────────────────────────────┐
│   │
│ [4국05-05] 재미나 감동을 느끼며 작품을 즐겨 감상하는 태도를 지닌다. │
│ [4국02-05] 읽기 경험과 느낌을 다른 사람과 나누는 태도를 지닌다.   │
└──┘

┌──┐
│ • (실제적 맥락이 있는 수행 과제) 3월에 읽을 재미있거나 감동적 │
│   인 책을 추천해 달라고 3학년 동생들이 도움을 요청했다.   │
│   (3학년이 보내는 편지 등 기타 자료를 활용하면 더욱 실제적인 │
│   상황 조성 가능)   │
│ • (과정의 관찰) 5권의 책을 직접 읽고, 추천하고 싶은 책 2권을 선 │
│   정해보자.   │
│ • (과정+ 결과) 읽었던 책 중, 재미있거나 감동적인 내용이 드러나 │
│   게 추천하고 싶은 이유를 정리해보자.   │
│ • (과제 수행) 동생들 반에 찾아가 내용을 설명하고 추천하는 활동 │
│   을 직접 해보자.   │
│   [인지, 정의, 행동 통합적 활용, 실제 상황의 평가]   │
└──┘

★ 책을 직접 읽고 동생들에게 추천하는 책을 선정하고 직접 실행
  하는 과정을 통해 작품을 감상하는 태도와 경험과 느낌을 나누는
  태도가 길러질 수 있도록 평가 문항 구성

한편, 수행평가와 달리 지필평가에 대해서는 학교 현장에 다양한
개념이 공존한다.

[지필평가에 대한 서로 다른 개념들]

• 지필평가 (紙筆評價): 한자의 뜻풀이처럼 종이를 사용한 모든 평
가, 시험지에 질문을 제시하고 평가하는 모든 형태 (반대로 수행
평가는 종이를 사용하지 않는 평가로 생각하기도 함)

• 지필평가 (知筆評價): 아는 것, 즉 인지적 영역을 중심으로 하는
평가

• 지필평가: 중간, 기말고사처럼 100점 만점으로 하는 총괄평가
형태의 시험 (교육부 훈령 280호 별표9) 모든 출제 문항에는 문
항별 배점을 표시하고, 가급적 100점 만점으로 출제하며..(중략)
평가 문제는 전 과정에서 보안이 유지되도록 철저히 관리하고 고
사 감독을 엄정하게 하여..(중략)

교육부 훈령에 나타난 지필평가와 지역교육청에서 생각하는 지필평
가의 개념이 달라 현장에서 용어의 혼란이 발생하는 것을 종종 목격

한다. 인지적 영역을 중심으로 하는 수업 중 이루어지는 과정 중심의 서술형 평가인 경우, 교육부의 관점에서는 지필평가가 될 수 없지만, 시·도교육청에서는 지필평가로 보고 있다. 즉, 두 번째 개념으로 지필평가를 바라보고 있기 때문이다.

다수의 시·도교육청이 지필평가를 2번 개념, 즉 아는 것, 인지적 영역을 중심으로 평가하는 것을 지필평가로 사용하고 있다. 이 책에서도 지필평가는 인지적 영역을 중심으로 평가하는 것으로 간주하겠다.

지금부터는 지필평가와 수행평가의 방법을 살펴보자.
평가 유형에 따른 평가 방법을 이해하는 것은 평가 유형을 쉽게 구분할 수 있도록 돕는 역할을 한다.

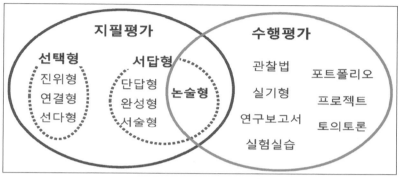

(유영식(2018), 과정중심평가)

평가 방법 중 비교적 현장에 혼란이 많은 서술형 평가와 논술형 평가에 대해서도 알아보자.

서술형 평가는 내용을 요약하거나 개념을 설명하거나 풀이과정을 제시하는 등 학습한 내용을 기술하는 형식이라고 볼 수 있다. 서술형은 주로 사실의 나열, 요약, 설명 등으로 답안을 작성하게 되며 어느 정도 객관적인 정답(모범답안)이 존재한다. 논술형은 생각과 주장을 창의적 · 논리적으로 설득력 있게 조직하여 작성하는 형태이다. 논술형 평가 채점시 교사(채점자)는 주관적 판단에만 의존하지 않도록 평가 요소와 채점기준을 명확히 하고, 객관성 및 신뢰성을 확보할 수 있도록 해야 한다.   (2015 개정교육과정 총론 해설 102쪽)

서술형 평가는 어느 정도 객관적인 정답(모범 답안)이 존재하며, 논술형 평가는 개인적인 생각과 주장이 포함되어 있는 것이다. 일반적으로 서술형 평가는 지필평가, 논술형 평가는 수행평가 방법으로 간주한다.

> ※ (서술형 평가 문항) 조선 전기의 시대적 특징 10가지를 써 보자.
> ※ (논술형 평가 문항) 조선 전기의 생활 모습이 드러나게 머슴의 입장에서 일기를 써 보자.

이어 몇 가지 수행평가 방법의 의미와 특징도 함께 살펴보자.

(교육부, 2017)

수행 평가 방법	정의	특징
논술	· 한 편의 완성된 글로 답을 작성 · 자신의 생각이나 주장을 논리적으로 작성해야 하므로 학생이 제시한 아이디어뿐만 아니라 조직이나 표현의 적절성 등을 함께 평가	· 학생이 답을 선택하는 것이 아니라 학생의 생각이나 의견을 직접 기술. 창의성, 문제해결력, 비판력, 정보 수집 등의 고등 사고 능력을 평가하기에 적합함
구술	· 특정 내용이나 주제에 대해서 자신의 의견이나 생각을 발표하도록 하여, 학생의 준비도, 이해력, 표현력, 판단력, 의사소통 능력 등을 직접 평가하기 위해 활용하는 방법	· 특정 주제에 대하여 학생들에게 발표 준비를 하도록 한 후, 발표에 대하여 평가함 · 또는 평가 범위만 미리 제시하고 구술 평가를 시행할 때 교사가 관련된 주제나 질문을 제시하고 학생이 답변하게 하여 평가함
토의 · 토론	· 특정 주제에 대해 학생들이 서로 토의하고 토론하는 것을 관찰하여 평가하는 방법	· 서로 다른 의견을 제시할 수 있는 주제에 대해서 개인별 혹은 소집단별로 토의 · 토론을 하도록 한 다음, 학생들이 사전에 준비한 자료의 다양성이나 적절성, 내용의 논리성, 상대방의 의견을 존중하는 태도, 진행 방법 등을 종합적으로 평가하는 방법

프로젝트	· 특정한 연구 과제나 산출물 개발 과제 등을 수행하도록 한 다음, 프로젝트의 전 과정과 결과물(연구보고서나 산출물)을 종합적으로 평가하는 방법	· 결과물과 함께 계획서 작성 단계에 서부터 결과물 완성 단계에 이르는 전 과정도 함께 중시하여 평가함
실험 · 실습	· 학생들이 직접 실험 · 실습을 하고 그에 대한 과정이나 결과에 대한 보고서를 쓰게 하고, 제출된 보고서와 함께 교사가 관찰한 실험 · 실습 과정을 종합적으로 평가하는 방법	· 실험 · 실습을 위한 기자재의 조작 능력이나 태도, 지식을 적용하는 능력, 협력적 문제해결 능력 등에 대해서 포괄적이면서도 종합적으로 평가함
포트폴리오	· 학생이 산출한 작품을 체계적으로 누적하여 수집한 작품집 혹은 서류철을 이용한 평가 방법	· 학생의 강점이나 약점, 성실성, 잠재 가능성 등을 종합적으로 파악할 수 있고, 학생의 성장 과정을 한눈에 볼 수 있어서 유용한 피드백을 제공 · 일회적인 평가가 아니라, 학생 개개인의 변화와 발전 과정을 종합적으로 평가하기 위해 전체적이면서도 지속적으로 평가하는 것을 강조함
관찰법	· 관찰을 통해 일련의 정보를 수집하는 측정 방법	· 어느 특정한 장면이나 상황에서 발생하는 행동 체계를 가능한 한 상세하고 정밀하게 탐구하기 위해 모든 신체적 기능과 측정도구를 이용할 필요가 있음 · 일화기록법, 체크리스트, 평정 척도, 비디오 녹화 후 분석 등
자기평가 · 동료평가	· 수행 과정이나 학습 과정에 대하여 학생이 스스로 평가하거나, 동료 학생들이 상대방을 서로 평가하는 방법	· 학생들이 자신의 학습 준비도, 학습 동기, 성실성, 만족도 등에 대해 스스로 생각하고 반성할 수 있는 기회 제공 · 특히 학생 수가 많아서 담당 교사 혼자의 힘으로 모든 학생들을 제대로 평가하기 어렵다고 판단될 때, 동료평가 결과와 합하여 학생의 최종 성적으로 사용한다면 교사의 주관성을 배제할 수 있을 뿐만 아니라 성적처리 방식에 대한 공정성도 높일 수 있음

평가 유형 및 방법 결정의 예

자, 이제 다시 처음으로 돌아가 성취기준의 종결어미를 보고, 평가 유형과 방법을 선정해보자.

❶ 관찰하고 설명한다.　　**❷ 파악한다.**

❸ 탐구하고 설명한다.　　**❹ 알고 구할 수 있다.**

위 성취기준 중 수행평가로 평가해야 하는 성취기준은 ❶,❸번이다. 관찰하고 탐구하며 설명하는 것은 실제적인 수행 과제를 바탕으로 학생의 행위와 수행과정 및 결과를 관찰하기 용이하기 때문이다.

❷, ❹번 성취기준은 파악한 내용을 알고 문제를 풀 수 있는(구할 수 있는) 문항을 제시하여 지필평가로 실시하는 것이 적합하다.

평가의 유형이 지필인지 수행인지 결정되었다면, 이제 평가 방법을 선택해야 한다. 평가 방법도 성취기준의 내용과 기능으로부터 자연스럽게 도출되는 경우가 많다. ❶, ❸번 성취기준의 경우, '설명'하는 것을 평가하기 위해 수행평가 방법인 구술법을 적용하는 것이 적절하다. ❷, ❹번 성취기준의 경우 파악한 내용을 확인하거나 구할 수 있는지 과정을 보기 위해 지필평가 방법인 서술형 문항을 활용하면 적절할 것이다.

성취기준 해석	→	평가 유형 결정	→	평가 방법 결정
관찰하고 설명한다	→	수행평가	→	구술법
파악한다. 구할 수 있다	→	지필평가	→	서술형

물론 평가 유형과 방법이 한 가지로 고정되어 있다고 보기는 어렵다. 설명하는 것을 글로 써서 설명하게 한다거나 토론 장면에서 설명하는 기능이 사용되게 평가 장면을 구성할 수도 있기 때문이다. 또한 파악한 내용을 보고서에 담게 할 수도 있고, 문제 풀이 과정을 설명하여 평가할 수도 있다.

다만 성취기준이 의도한 본연의 목표 도달을 가장 효과적으로 확인할 수 있는 방법을 찾기 위한 평가 문해력과 전문성이 중요하다는 것을 언급하고 싶었다. 그리고 지필평가는 지필평가답게, 수행평가는 수행평가답게 운영하는 평가 방법이 무엇인지에 대한 교사의 지속적인 고민과 실천이 필요하다. 과정중심평가는 곧 수업과 밀접하게 연결되며, 수업과 평가는 교사 교육과정의 본질이기 때문이다.

평가는 교사의 고유 권한이다. 평가 본연의 목적 도달을 위해서도 교사에게 평가권을 온전히 허락해야 한다. 평가 방법 선택, 문항 개발과 적용, 채점 등 일련의 과정은 교사의 선택에 달려있다. 그리고 교사에게 성취기준에 적합하면서 원하는 문제를 출제할 수 있는 권한과 평가 문항을 개발하고 채점할 수 있는 심리적, 물리적, 시간적 여건을 확보해 주어야 할 것이다.

학생의 성장과 교사의 성장을 돕는 과정중심평가 현장 확산을 위해 교사의 자발적인 실천과 자율성 확대, 평가를 바라보는 교육공동체의 인식 변화와 사회적인 신뢰 회복이 필요한 시점이다.

 자, 이제 다음 과정은 평가 문항과 채점기준표의 개발과 적용이다. 하지만 이 책에서는 관련 내용을 다루지 않겠다. 평가 문항 개발과 채점기준표를 작성하기 위한 가장 좋은 방법은 전문적 학습공동체를 활용하는 것이다. 특별히 학교 내 학년(군)별 전문적 학습공동체에서 지속적으로 평가와 관련한 문해력을 쌓아갈 수 있기를 바란다.

학생의 성장을 지원하는 형성적 피드백

걸림돌은 곧 디딤돌이 될 수 있다. 이는 내실 있게 운영되는 과정중심평가를 통해 가능하다. 과정중심평가는 학생의 학습과 성장을 돕기 때문이다. 평가가 학생의 학습과 성장에 직접 관여하여 걸림돌을 디딤돌로 바꾸는데 기여하는 핵심 장치는 바로 피드백이다. 평가는 피드백을 통해 학생의 성장과 자연스럽게 연결된다. 학생의 성장을 돕는 피드백의 구체적인 방법을 다음과 같이 구분해 볼 수 있다.

[수업 중 나타나는 다양한 피드백 방법]

피드백의 유형과 전략에 대한 연구 자료를 좀 더 알아보자.

[피드백의 유형 및 전략 (Brookhart, 2017)]

구분	피드백 유형
확인적 피드백	· 정답 여부 확인 · 재시도(틀린 부분에 대해 재 학습 기회 제공) · 오류 표시(틀린 부분에 체크)
교정적 피드백 인지적 피드백	· 학습한 것에 대한 핵심 내용을 제시하여 스스로 오류 수정 · 학생이 가진 오개념, 오류 분석에 대한 진단 및 설명 · 정답을 주지 않고, 정오 판정 후 오류를 지적하여 전략적 힌트 제공
과정중심평가와 피드백	· 학습 목표 성취의 진행 정도에 관한 정보 제공 · 다음 단계의 학습을 이끌 수 있는 피드백 제공 · 학생의 이전 수행에서 얼마나 향상되었는지 정보를 제공하여 긍정적 자아효능감을 향상 · 학생의 현재 수행이 성취기준에 근거하여 어떻게 관련이 있는지 이해하는 것을 도움
적절성	· 언제, 얼마나 자주 피드백을 할 것인가?
양, 횟수	· 얼마나 자주, 그리고 각 시점에서 얼마나 많은 피드백을 할 것인가? (학생들의 발달 수준을 고려하여 피드백의 양 조절)
전달 방식	· 구두　· 쓰기　· 시연 · 개별　· 모둠　· 학급
수업 조절	· 추가적인 독서　· 개인 교수 · 소집단 활동　· 전 학급 구두 질문 · 재설명　· 학습지 제공 · 준거의 명료화(평가기준 자세히 설명해 주기)

[과정중심평가에서 효과적인 피드백 팁]

1. 가능한 구체적으로	2. 즉시적으로
3. 학습 목표와 관련하여	4. 세심한 관찰에서 비롯된 피드백
5. 학생의 학습 참여 유도	6. 정서적 지지와 격려

[바람직한 피드백의 예 (김선, 2019)]

- 각 문단은 하나의 주제가 있어야 하고, 그 주제가 중심 문장이 되어야 해, 다시 한 번 해볼까?
- 제시한 세부 정보가 신문을 재활용해야 한다는 것에 대한 너의 주장을 잘 뒷받침하고 있어. 이러한 정보를 어디에서 찾았니?
- 이 보고서는 신문을 재활용해야 한다는 것에 동의하지 않는 독자들을 설득시킬 수 없을 것 같아. 어떻게 하면 보다 더 설득력 있는 주장을 할 수 있는지 생각해보자.
- 이 보고서는 신문을 재활용해야 한다는 것에 항상 동의하지는 않는 독자들을 설득시킬 수 없을 것 같아. 나는 재활용의 비용과 환경에 미치는 영향에 관하여 보다 더 알고 싶을 것 같은데?
- 이 보고서는 이전 것보다 좋아졌어. 신문을 재활용해야 한다는 네 생각을 분명하게 표현하고 있고, 우리가 재활용을 하면 무엇이 좋아질 것인지에 대해 사실적으로 기술되어 있어.
- 나무로 시작해서 재활용 공장으로 끝나는 그래프가 좋아. 이 그래프는 네 보고서와 관련되어 있고 재활용 전체 과정에 대해 분명하게 보여주고 있어. 어떻게 이런 생각을 하게 되었니?

과정중심평가에서 피드백은 더 이상 선택이 아닌 필수 요소이다. 학생의 성장을 돕는 수업과 평가는 효과적인 피드백을 통해 완성되기 때문이다. 교사 교육과정의 목표 도달을 위해서도 지속적인 관심과 사랑, 그리고 피드백이 필요하다. 우리가 수업과 평가에 노력을 기울이는 만큼 피드백에도 관심을 가져야할 때이다.

재평가를 실시해도 괜찮나요?
형평성에 문제가 생기지 않을까요?

과정중심평가는 '학습을 돕는'또는 '학습으로서의'평가이다. 평가가 학습을 돕는다는 목적을 달성하기 위해서는 아이들이 원하는 만큼, 즉 다시 한 번 배우고 평가받기 원하는 만큼 평가를 시행해도 문제가 없다. 과거 100점 만점으로 시험을 치고 그 결과에 따라 학업우수상을 시상한다면 이야기는 달라진다. 하지만 현재의 초등학교 평가는 점수화하거나 서열화하지 않기 때문에 형평성에도 문제가 되지 않는다. 오히려 학력 개인차와 관계없이 동일한 내용으로 수업하고 동일하게 평가하는 것이 형평성에 어긋나는 것은 아닐까?

과정중심평가와 피드백으로 모든 학생이 성취기준에 도달해도 괜찮나요? 변별력이 없어지지 않나요?

평가의 목적이 상대적인 경쟁을 통한 선별에 있다면 변별력은 아주 중요한 평가의 속성으로 작동하게 될 것이다. 하지만 평가의 목적이 성취기준의 도달에 있다면, 가급적 많은 아이들이 성취기준에 도달할 수 있도록 수업과 평가를 실시해야 한다. 성취기준은 수업을 통해 아이들이 도달해야할 지식·기능·태도의 종합으로, 최소한의 기준이며, 모든 학생이 도달할 수 있도록 수업을 설계하고 평가하는 것이 오히려 바람직하다.

평가 문항을 개발하는데 많은 시간이 필요하고
올바른 문항인지 자신도 없어요. 어떻게 해야 할까요?

수업에 대한 전문성이 있는 것처럼, 평가에 대한 전문성도 필요하다. 특히 오랫동안 선택형 중심의 일제식 총괄평가 문항 제작에만 익숙해져 있기에, 과정중심평가 문항을 개발하고 수업 중 실천하는 것은 매우 어려운 문제일 수 있다. 우리가 지금까지 경험해보지 못한 것이기 때문이다. 하지만 내 손으로 평가 문항을 개발하고 수업에 적용하다보면 조금씩 익숙해지게 된다. 누군가의 손으로 만들어져 보급된 문항을 그대로 활용하는데 익숙해진다면 앞으로도 교사의 평가 역량은 신장되지 않을 가능성이 높다. 조금 부족하더라도 내가 구성한 수업의 평가 문항은 내 손으로 직접 만들어보는 연습이 필요하다. 그리고 이러한 일련의 과정은 학년(군)별 전문적 학습공동체를 통해 이루어질 때 지속가능하다. 또한 평가 문항과 채점기준의 객관성, 타당성, 신뢰성을 확보할 수 있다. 꾸준히 노력한다면, 얼마 지나지 않아 평가 문항을 만드는 데 들이는 수고와 노력이 훨씬 덜어질 것이라 생각한다.

수업 시간에 평가까지 같이 하는 게 가능한가요?
시간이 너무 부족해요

수업하랴 평가하랴 피드백하랴 시간이 부족한 것이 당연하다. 그래서 재구성이 필요하다. 과정중심평가는 성취기준을 중심으로 이루어지므로, 교과서 차시 수업을 따라 가다보면 과정중심평가를 하기에 시간적인 여유가 부족한 경우가 종종 생기게 된다. 교과서에 배당된 차시를 재구성하여 성취기준 도달을 위해 중요한 수업에 차시를 증배하여 수업 중 평가하고 피드백할 수 있는 여유를 확보하는 것이 우선되어야 한다. 그리고 또 다른 방법은 수업과 평가를 완전히 일체화시키는 것이다. 수업과 평가가 별개로 되어 있는 경우 시간이 부족하다. 수업과 평가가 완전히 일체화된다는 것은, 예컨대, 수업 목표와 내용이 토의·토론이면 토의·토론을 과정중심평가의 내용으로 삼는 경우를 말한다. 수업 목표가 리코더 연주면 리코더 연주 자체를 과정중심평가의 내용으로 삼는다. 이러한 경우 수업과 평가가 분리되어 운영될 때보다 비교적 시간적인 여유가 생긴다.

 과정중심평가 중 질문하거나 도움을 주는 것도 괜찮나요?

물론 괜찮다. 학생의 성장을 돕는 것을 평가의 목적에 둔다면 말이다. 2008년 방송된 열 다섯 살의 꿈(MBC) - 꼴찌라도 괜찮아- 에서는 핀란드의 시험장면이 등장한다. 핀란드의 시험 시간은 답을 모르면 선생님께 방법을 물어볼 수 있다고 한다. 선생님은 다음과 같이 말한다.

"학생들이 지금 당장 모르는 건 괜찮다. 시험에 나온 문제들을 시험을 통해서 더 잘 알게 해주려는 거다. 그래서 때론 이런 말을 해주는 게 학생들한테 더 도움이 될 때가 있다. 여기가 틀렸어, 다시 해볼래? 정확히 정답이 뭐라고 말해주진 않지만 무엇이 틀렸을까 한 번 더 생각할 기회를 주는 거죠"핀란드에선 학생들을 서로 비교하지 않는다. 학생 개개인이 전에 비해 얼마나 나아졌는지를 비교할 뿐이다.

05 - 교사 교육과정을 담아내는 형식

교사 교육과정을
담아내는
그릇,
기록

    교사 교육과정의 목표 · 내용 · 방법 · 평가는 교사의 사유로부터 시작된다. 교사의 문제의식, 필요, 경험, 우선순위, 성취기준 해석에서 출발한 고민은 교육적 상상력과 열정을 통과하여 교실에 들어와 아이들과 대면한다.

    사실 교사의 고민에서 출발한 수업 아이디어의 상당수는 실제 활동으로 연결되지 못하고 흔적도 없이 사라져버리는 경우가 많다. 전문적 학습공동체에서 동료 교사들과 함께 대화하며 떠올랐던 수업 자료, 발문, 동기유발, 활동 등이 어떠한 형태로든지 '기록'되지 않으면 사라져버리는 것처럼 말이다. 교사의 사유에서 출발한 수업 아이디어들이 활동으로 구체화되기 위해서는 기록이 필요하다. 기억은 기록을 이기지 못한다고 했던가?

    그러면 이제 어디에, 어떤 내용과 형식으로 기록할 것인지에 대한 문제가 남는다. 경험적으로 보았을 때, 현장 교사들은 문서를 만드는 것에 대한 거부감이 상당하다. 군이 이유를 찾자면, 문서를 만드는데 에너지를 쏟아 붇느라 수업에 소홀했던 경험 때문일 것이다.

언젠가 강의에서 문서 작성과 기록은 종이 한 장 차이라는 말을 들은 적이 있다. 동전의 양면처럼 문서 작성과 기록은 매우 밀접하게 연결되어 있다고 볼 수 있겠다. 이번 장에서 강조하고자 하는 형식은 문서 작성이 아니라 '기록'의 관점에서 접근해야 할 것이다.

그렇다면, 문서를 작성하는 것과 기록하는 것은 어떤 차이가 있을까? 단순히 연필로 쓰면 기록이고 한글파일로 작성하면 문서작성일까?

[문서 양산과 기록의 차이]

1. 일반적으로 문서는 누군가가 시켜서 시작하지만 기록은 스스로의 필요에 의해 시작된다.
2. 문서는 작성 이후 활용도가 낮지만, 기록은 지속적으로 활용되는 경우가 많다.
3. 문서는 작성 이후 잘 수정되지 않지만 기록은 수정을 거듭한다.
4. 일반적으로 문서에는 교사의 교육관이 반영될 공간이 부족하지만, 기록은 교사의 교육관에서부터 시작한다.
5. 문서에는 교사의 삶이 담기지 않지만, 기록에는 교사의 삶이 담긴다.

전문적 학습공동체를 통해 협의된 교사의 수업 아이디어와 활동 계획들은 어떠한 형태의 양식에 기록되지 않으면 시간과 함께 바람처럼 사라져 버린다. 이를 막기 위해 고정된 형태의 양식보다 자유롭게 메모하는 형태가 활용되기도 하지만 전문적 학습공동체에서 함께 협의된 내용은 어느 정도 정선된 기록이 필요하다. 왜냐하면 기록을 바탕으로 보다 실제적이고 구체적인 수업으로 발전하기 때문이다. 이때의 기록은 보여주기식 문서 양산과 다르게 교실에서의 활용을 위한 실용성과 전문성이 바탕에 깔려 있다. 또한 교사 개인의 필요에 의해 이루어지며 학교 차원에서 강제할만한 성격의 일은 아니다. 전적으로 교사의 자발성에 기초해야 하는 것이다. 교사 교육과정에서 기록은 교사 성장과 직결되어 있으므로, 교사를 기록하는 교사와 그렇지 않은 교사로 구분할 수 있을 정도로, 아무리 강조해도 지나침이 없다.

  일반적으로 성취기준과 아이들의 삶(지금ㆍ여기ㆍ우리)이 담긴 교사 교육과정은 수업을 중심으로 통합되어 다음의 몇 가지 그릇(양식, 틀)에 기록된다. 아래에 제시한 기록 양식은 본교 선생님들께서 교사 교육과정을 설계할 때 활용하는 기록 양식이다.

[교사 교육과정을 담는 그릇 (기록 양식)]

1. 목표와 중점 교육 활동 양식 2. 단원 내 구성 양식 3. 단원 간 구성 양식 4. 주제 중심 구성 양식 5. 학기별 진도표와 평가 계획 6. 학기별 수업 플래너(연간시간표) 7. 단위 수업 지도안	교사 교육과정 설계 과정 (기록의 과정)

※ 학교에서는 일반적으로 '재구성 양식'이란 용어를 사용하지만, 재구성한다는 것은 기존 교과서 내용을 일부 새롭게 구성한다는 소극적인 의미이므로, 교사 교육과정의 적극성과 창조성의 관점에서 '구성 양식'이란 용어를 사용하였다.

* 재구성 양식 ➔ 구성 양식 / 교육과정 재구성 ➔ 교사 교육과정 구성

※ 교사 교육과정 구성 양식은 강조하는 내용, 표현 방법에 따라 아주 다양하게 나타날 수 있다. 필요에 따라 얼마든지 개발할 수도 있다. 여기서는 일반적으로 가장 많이 활용되고 대표성이 높은 단위 수업, 단원 내, 단원 간, 주제 중심 내용 구성 양식을 활용하였다.

각각의 기록 양식이 갖는 특징과 구성을 간단히 살펴보자.

순	기록 양식	구성과 특징	
1	목표와 중점과제	목적지, 이정표	· 한 해 교사 교육과정의 목표와 중점 교육 활동 · 다양한 교육활동에 일관성, 방향성 제시
2	단원 내 구성	리모델링	· 기존 교과서 단원을 활용하여, 덜어낼 것과 새롭게 강조할 것에 집중 · 한 단원을 내용 구성 범위로 제한 · 내용 구성 방법이 비교적 간편함
3	단원 간 구성	확장공사	· 두 개 이상의 단원에서 공통점을 추출하여 긴 호흡으로 내용 구성 · 공통점이 있는 단원의 시기를 조정하고 일부 내용을 새롭게 구성
4	주제 중심 구성	재건축	· 주제를 중심으로 관련 성취기준을 통합하여 새로운 내용 구성 · 교과서는 주제에 적합한 내용만 필요시 일부 활용 · 주제 대신 역량, 인성덕목 등에 맞게 유연하게 변형 가능
5	학기별 연간진도표와 평가 계획	지도	· 한 학기 교과별 수업 계획에 대한 내용 · 단원 내, 단원 간, 주제 중심 재구성 내용을 반영한 학기별 연간지도계획 수립 · 연간지도계획에는 목표, 내용, 평가, 범교과 등을 종합적으로 반영 · 기본적으로 교과서 중심의 연간지도계획 수립(2월~3월) 후, 전문적 학습공동체를 통해 개선해가며 발전적으로 적용
6	학기별 수업 플래너 (연간시간표)	다이어리	· 한 학기 수업 시간표를 한 눈에 볼 수 있게 작성 · 단원 내, 단원 간, 주제 중심 내용 구성 및 평가, 학급 특색활동 등의 적용 시기 표시
7	단위 수업 지도안	세부 설명서	· 단위 수업의 목표, 내용, 방법, 평가에 대한 구체적인 기록 · 수업 나눔을 위한 일종의 안내서

(오른쪽 세로 표시) 개발자, 결정자로서 권한 활용 정도 / 약함 …… 강함

위에 제시된 기록 양식은 단위 수업 지도안을 제외하고는 2월 말에 운영되는 새 학년 맞이 준비 기간에 초안이 작성된다. 학년(군)별 협의를 통해 교사 교육과정의 목표, 내용·방법(단원 내, 단원 간, 주제 중심 내용 구성 및 학기별·교과별 연간지도계획), 평가 계획, 연간시간표의 윤곽이 결정되는 것이다. 그리고 이후 학년(군)별 전문적 학습공동체를 통해 교사 교육과정의 기록(계획)은 수정·보완·발전된다.

다음 장에서는 위 일곱 가지 교사 교육과정 기록 방법에 대해 자세히 살펴볼 것이다. 교사 교육과정 운영을 학교의 중점과제로 선정하고 실천하고 있는 본교 선생님들의 사례를 중심으로 살펴보겠다.

본교는 효과적인 교사 교육과정 운영을 위해 기록 양식을 고민하다 현장에서 일반적으로 많이 활용되는 지도안 형식과 기존 본교에서 활용하는 단원 내, 단원 간, 주제 중심 재구성 양식을 교사 교육과정을 기록하는 플랫폼으로 활용하기로 하였다. 이곳에는 교사 교육과정의 목표, 내용, 방법, 평가가 모두 담긴다. 또한 수업 과정에서 교사의 성찰과 고민의 흔적이 곳곳에 기록으로 남아있다.

06 - 교사 교육과정 설계

교사 교육과정
디자인,
무작정
따라하기

　본교에서는 2월 중 5일간, 교사 교육과정의 기초를 설계한다. 경상남도교육청에서는 정책적으로 새 학년 맞이 준비 기간을 운영하고 있다. 이 기간을 활용한다면 효과적으로 교사 교육과정을 설계할 수 있다. 본교의 새 학년 맞이 준비 기간 운영 계획을 살펴보자.

[새 학년 맞이 준비 기간 운영 목표]

1. 교육과정 문해력을 함양하자
　- 국가 교육과정, 지역 교육과정, 학교 교육과정 문해력 함양

2. 교사 교육과정을 설계하자
　- 목표, 중점 활동, 교과별 진도표, 연간시간표, 평가계획 등 교사 교육과정 설계

3. 학년별 전문적 학습공동체의 기초를 다지자
　- 학년(군)간 교육 철학과 가치 공유, 학년(군)과 함께하는 교사 교육과정 구성

4. 수업 중심의 동료성을 구축하자
　- 수업과 평가를 매개로 상호작용하며 소통하는 관계 형성

5. 교과서를 재구조화하자
　- 교사 교육과정의 틀 안에서 교과서 재구조화

[본교 새 학년 맞이 준비기간 운영 계획]

· 일시 : 2월 중

· 대상 : 본교 교원 (인사발령교원 포함)

· 주요 운영 일정

구분	오전	오후
1일차	· 학년 및 업무 분장 확정 발표 · 업무 인수 · 인계 · 교실 확인 정리 · 2015 개정교육과정 이해	· 학교 교육과정 이해 · 교사 교육과정 이해 · 교육과정 문해력 갖기 (교과 성취기준 조망도) · 교사 교육과정 목표, 중점 과제 설정
2일차	· 교사 교육과정 목표 및 중점 과제 설정 결과 나눔 · 교사 교육과정 구성 방법 연수 · 교사 교육과정 편성 (단원 내, 단원 간, 주제 중심 구성, 연간진도표, 등)	
3일차	· 학년별 교사 교육과정 편성(2차) · 교과별 연간 배움 중심 수업 계획 (진도표) 및 과정 평가 계획 수립	
4일차	· 교사 교육과정 편성 결과 공유	· 교사 교육과정 편성 결과를 반영한 나이스 편성
5일차	· 교사 교육과정 바인더 구성 및 부족한 부분 보완	

2월 새 학년 맞이 준비 기간에 교사 교육과정을 편성하기 위해서는, 사전 완료되어야 할 일이 몇 가지 있다.

1. 민주적인 학년 및 업무 분장

2. 이전 학년도 담임 교사로부터 인수 · 인계 (학습자 특성 중심)

3. 작년 경험을 바탕으로 교사의 교육관 세우기

민주적인 학년 및 업무 분장의 실제적인 운영 사례는 「학교 교육과정을 DIY」하라 Episode4에서 상세히 다루었다. 새 학년 맞이 준비 기간 전 학년 및 업무 분장이 완료되어야 한다. 그래야 교사 교육과정을 편성하기 위한 시간적, 심리적 여건을 확보할 수 있기 때문이다. 그리고 이전 학년도 담임 교사로부터 아이들의 기초학력, 학습 성향, 교우관계, 가정환경 등을 듣고, 학습자 특성이 교사 교육과정에 충분히 반영될 수 있도록 해야 한다. 또한 2월이라는 황금기를 활용하여 지난 한 해를 되돌아보고 다음 해 한해살이의 방향을 깊이 고민해 보아야 한다.

지금부터는 새 학년 맞이 교육과정 준비 기간을 활용하여 교사 교육과정을 디자인하는 과정을 단계별로 살펴보자. 아래에 제시된 절차는 본교에서 3년 동안 전 교원과 함께 운영했던 과정으로, 단계별 세부 내용과 절차는 학교의 여건에 맞게 탄력적으로 수정·보완할 수 있다.

교사 교육과정 디자인 과정

STEP1 교사 교육과정의 목표 및 중점 교육활동 수립

↓

STEP2 목표 및 중점 교육활동과 관련된 성취기준 추출

↓

STEP3 목표 및 중점 교육활동과 연계한 단원 내, 단원 간, 주제 중심 내용 구성

↓

STEP4 1~3번의 내용을 반영한 교과별 배움중심수업계획(진도표) 작성 및 평가 계획 수립

↓

STEP5 1~4번의 내용을 반영한 교사 교육과정 플래너 작성

↓

STEP6 1~5번 내용을 바탕으로 학년(군)별 전문적 학습공동체를 통한 교사 교육과정의 구체화 (세부 수업 활동 결정, 활동지 제작, 평가문항 개발 등)

↓

STEP7 교사 교육과정의 실천 및 기록, 반성적 성찰

↓

STEP8 학생, 교사, 학교 변인에 따라 수정·발전하는 유연한 교사 교육과정 지향

1~5번 과정은 2월에, 6~8번 과정은 3월 이후에 학기 중에 이루어진다.

1장에서도 밝혔지만, 교사 교육과정은 교사가 결정한 목표·내용·방법·평가에 대한 체계적인 계획과 실천이 있어야 한다. 이러한 요소를 현장에서 일반적으로 활용되는 양식과 용어에 대입하면 아래와 같이 4가지 요소로 단순화할 수 있다.

- 학급 한해살이 목표와 중점 교육 활동
- 목표와 중점 교육활동을 반영한 단원 내, 단원 간, 주제 중심 내용 구성
- 한 학기 각 교과별 배움중심수업계획 (진도표)
- 과정중심평가 계획

즉, 교사 교육과정 디자인 과정은 위 4가지 구성 요소를 설계하는 과정이라 할 수 있다. 지금부터는 교사 교육과정 디자인 과정을 단계별로 살펴보자.

STEP1 교사 교육과정의 목표 및 중점 과제 수립

 실천 사례

선생님의 다짐

1. 아이들의 한마디 한마디에 귀 기울여 듣는 교사가 되겠습니다.
2. 한명 한명을 모두 사랑하겠습니다.
3. 인성을 우선시 하는 교사가 되겠습니다.
4. 아이들이 즐겁게 배움에 참여할 수 있도록 항상 발전하고 공부하는 교사가 되겠습니다.
5. 아이들과 함께 어울리는 시간을 많이 가지겠습니다.

우리반 친구들에게 기대하는 모습

1. 예의 바르게 행동하고 규칙을 잘 지키는 어린이
2. 열심히 배움에 참여하고 발표하는 어린이
3. 자신의 할 일을 책임감 있게 하는 어린이
4. 다른 사람의 마음을 헤아리고 사랑하는 어린이
5. 자기 자신을 사랑하고, 친구들과 함께 잘 노는 어린이

우리반 한 해 목표

1. 인사예절, 정리정돈, 복도 생활 등의 기초·기본 습관 형성하기
2. 수업에 적극적으로 참여하여 배움의 즐거움 찾기
3. 책 읽기 즐겨하며 자신의 생각을 말과 글로 표현하기
4. 나를 사랑하고, 남을 사랑하며 배려와 협동 실천

목표 도달을 위한 중점 교육

「목표1」의 중점교육활동	● 올바른 인사예절, 복도 통행 방법 습관화 하기 ● 1인 1역할 실천, 고운 말 사용하기
「목표2」의 중점교육활동	● 재구성 수업 및 학생 주도적 프로젝트 수업 활성화 하기 ● 질문 놀이, 서로 가르치기 등을 통해 학생 주도적 수업 만들기 ● 아침, 방과 시간을 이용하여 부족한 부분 보충 지도하기 ● 발표 훈련 및 발표연습하기, 학생 발표중심의 수업 구성하기
「목표3」의 중점교육활동	● 교과 내용과 관련된 책 돌려 읽기 및 주 1회 책 읽어주기 ● 학기별 2회 책 놀이 및 독서 골든벨 실시하기 ● 책을 읽고 자신의 생각을 말과 글로 표현하기
「목표4」의 중점교육활동	● 나에게 하는 칭찬과 감사의 한 줄 쓰기 ● 협동놀이 및 모둠 활동 활성화하기 ● 회복적 써클 활성화 하기

고려사항: 교과, 창의적체험활동, 역량, 생활교육, 인성교육, 범교과, 가정연계 교육, 기초기본습관 등

〉〉 특징

· 교사의 교육관, 철학과 가치, 목표와 중점 교육활동이 담긴 학급
  한해살이를 한 눈에 볼 수 있게 A4 한 장에 정리한 문서이다.
· 교사 교육과정의 내용, 방법, 평가, 생활지도, 학급경영 전반에 방
  향을 제시하고 일관성을 부여한다.
· 목표와 중점 교육활동은 학년 말 교사 교육과정 성찰의 기준으로
  삼는다.
· 목표와 중점 교육활동은 유기적으로 연계되며 체계적, 계획적으
  로 실천되어야 한다.

〉〉 구성 방법

◎ 선생님의 다짐
 · 올 한 해 '이것만은 꼭 실천하겠다' 는 내용을 문장으로 표현
   하기
 · 교사의 반성적인 성찰과 실천 의지를 담아 스스로에게 하는 진
   솔한 다짐

◎ 우리 반 아이들에게 기대하는 모습
 · 교사가 기대하는 우리 반 학생들에 대한 어린이상 표현하기
 · 학생들도 이해할 수 있는 문장으로 나타내기
 · 교사 교육과정 목표와 일관성 있게 작성하기

◎ 우리 반 한 해 목표

· 올 한 해 학급살이 목표를 문장으로 표현하기(~할 수 있다 또는 ~하기)

· 내용, 방법, 가치와 태도 등이 고루 반영될 수 있게 구성하기

· 교사의 철학과 가치를 반영하여 가급적 구체적인 방향이 드러나게 표현하기

· 학교 및 학년 교육과정의 목표와 연계하기

· 교과, 창체, 범교과, 생활교육, 학급 경영 등의 영역을 고려하여 작성하기

◎ 목표에 따른 중점 교육 활동

· 목표 도달을 위한 목표별 2~4개의 세부 실천 과제 수립하기

· 목표와 유기적으로 연계된 세부 과제 설정하기

· 목표 도달을 위해 교과, 창체, 생활교육, 범교과, 가정연계교육 등 다양한 실천 영역을 고려한 균형 잡힌 과제 수립하기

· 중점 교육 활동에는 구체적이며 실제적인 세부 전략이 드러나게 작성하기

· 교사의 경험을 바탕으로 현실적으로 실천 가능한 중점 활동 수립하기

· 학교 및 학년 중점 교육 활동과의 연계성 고려하기

STEP2 목표 및 중점 교육활동과 관련된 성취기준 추출

 실천 사례

목표1 인사예절, 정리정돈, 복도 생활 등의 기초 · 기본 습관 형성하기

■ 관련 성취기준

[바01-02] 몸과 마음을 건강하게 유지한다.

[바04-02] 여름 생활을 건강하고 안전하게 할 수 있도록 계획을 세워 실천한다.

[2안01-09] 공중위생을 지키기 위한 여러 가지 방법을 알고 생활에서 실천한다.

[2안01-04] 가정에서 발생하는 사고의 종류를 알고 안전하게 생활한다.

[2안01-05] 가정생활 도구의 안전한 사용법을 익힌다.

[2안01-07] 현장체험학습이나 캠핑 등 야외 활동에서의 위험 요인을 알고 사고를 예방한다.

목표3 책 읽기를 즐겨하며 자신의 생각을 말과 글로 표현하기

■ 관련 성취기준

[2국02-05] 읽기에 흥미를 가지고 즐겨 읽는 태도를 지닌다.

[2국01-03] 자신의 감정을 표현하며 대화를 나눈다.

[2국03-02] 자신의 생각을 문장으로 표현한다.

[2국05-02] 인물의 모습, 행동, 마음을 상상하며 그림책, 시나 노래, 이야기를 감상한다.

[2국03-05] 쓰기에 흥미를 가지고 즐겨 쓰는 태도를 지닌다.

[2국05-02] 인물의 모습, 행동, 마음을 상상하며 그림책, 시나 노래, 이야기를 감상한다.

[2국01-04] 듣는 이를 바라보며 바른 자세로 자신 있게 말한다.

· 교사 교육과정의 목표와 중점 교육활동을 교과 교육과정의 범위와 수준 안에서 실천하기 위해 필요한 과정이다.
· 분산되어 있던 성취기준이 교사 교육과정의 목표와 중점 교육활동을 중심으로 연결된다.
· 추출된 성취기준을 중심으로 단원 내, 단원 간, 주제 중심 내용을 구성한다.
· 추출된 성취기준을 중심으로 교과서 재구조화가 가능하다.

1. 성취기준과 교과서 내용을 연결한 맵핑 자료를 준비한다.
2. 교과별 맵핑의 성취기준과 교과서 내용을 읽는다.
3. 성취기준 - 교과서 맵핑 자료를 읽고 교사 교육과정의 목표와 중점 교육활동과 직·간접적으로 관련된 성취기준을 찾아 스티커 또는 형광펜으로 표시한다.
   → 성취기준과 목표의 관련성을 꼼꼼히 분석하여 추출하기보다, 간단히 읽고 직관적으로 판단하여 관련된 성취기준을 추출한다.
   → 핵심 키워드를 중심으로 추출한다.
4. 추출된 내용은 한글 파일에 별도로 정리하거나 문서 자체를 보관하여 전문적 학습공동체 시간에 활용한다.

STEP3	목표 및 중점 교육활동과 연계한 단원 내, 단원 간, 주제 중심 내용 구성

1.「단원 내」 내용구성

 실천 사례

⎛ 2학년 L 선생님의 목표와 중점 교육활동과 연계한 단원 내 재구성 사례 ⎞

목표3 책 읽기를 즐겨하며 자신의 생각을 말과 글로 표현하기

[중점 교육활동 : 책을 읽고 자신의 생각을 말과 글로 표현하기]

「나만의 여름 이야기 책 만들기」 단원 내 구성   (기간 9.3~9.18)

▣ 교과 : 국어   ▣ 단원명 : 2. 인상 깊었던 일을 써요

▣ 성취기준

[2국03-04] 인상 깊었던 일이나 겪은 일에 대한 생각이나 느낌을 쓴다.
[2국01-03] 자신의 감정을 표현하며 대화를 나눈다.

▣ 구성 의도

'인상 깊었던 일을 글로 쓰는 수업'을 할 때에는 일반적으로 특별한 사건이어야만 인상 깊은 일이 아니라, 자신이 겪은 일 가운데에서 가장 기억에 남는 일이 인상 깊은 일임을 알려주고 써보게 한다. 하지만 인상 깊었던 일에 대한 글감을 찾는 데 어려움을 많이 느낀다는 것을 느꼈다. 하지만 방학을 마치고 온 저학년 아이들은 방학 중에 있었던 일에 대해 시키지 않아도 서로 말하고 싶어 재잘대는 특성을 보인다. 그래서 여름방학을 마치고 온 아이들에게 여름 방학 동안 있었던 일에 관한 글을 쓰게 한다면 아이들에게 글쓰기에 대한 부담을 덜고 글감을 쉽게 마련해 더욱 풍부한 글쓰기 시간이 될 것이다.

■ 과정 평가 계획

(수행평가, 논술형평가, 동료평가) 아이들의 여름방학 경험이 담긴 글쓰기(논술) 평가와 완성된 글을 동료평가를 통해 피드백한다.

■ 수업계획

목표 및 중점 교육활동을 반영한 단원 내 내용 구성			
교과서		재구성 내용	
차시	교과서 내용	차시	배움 주제 및 주요 활동 (평가 및 피드백★)
1~2	인상 깊은 일이 무엇인지 알기	1~2	· 인상 깊은 일이 무엇인지 알고 글쓰기 방법 알기 · 모둠 돌아가며 말하기: 방학동안 있었던 일에 대해 이야기나누기 · 선생님이 쓴 글을 읽고 인상 깊은 일이 무엇인지, 인상 깊은 일에 대한 생각이나 느낌 표현방법 알기
3~4	인상 깊었던 일을 글감으로 고르고 쓸 내용을 떠올리기	3~6	· 인상 깊었던 일을 글감으로 정하고 글로 쓰기
5~6	인상 깊었던 일을 떠올리며 겪은 일을 차례대로 정리하기		· 인상 깊었던 일을 글감으로 고르고 쓸 내용을 떠올리기 · 글감 한 가지 골라 겪은 일을 차례대로 간단한 4컷 그림＋설명＋생각과 느낌으로 나타내기 ★
7~8	인상 깊었던 일을 생각이나 느낌이 잘 드러나게 글로 쓰기	7~8	· 글 고치고 다듬기 · 쓴 글을 친구와 바꾸어 읽고, 글 고치고 다듬기 (틀린 글자, 문장부호, 대화글로 나타낼 부분, 차례가 잘못된 부분 등)
9~10	인상 깊었던 일을 쓴 글로 책 만들기	9~10	· ○○이의 여름 이야기 책 만들기 및 전시회 열기 · ○○이의 여름 이야기 책 만들기 · 책 돌려 읽고 자기평가 및 상호평가하기 ★

>> 특징

- 단원 내 구성은 기존에 편성된 교과서 단원을 기초로 교사 교육 과정의 목표와 중점 교육활동을 반영하여 수업을 설계하는 것이다.
- 다른 내용 구성 방법보다 비교적 쉽고 간편하게 활용할 수 있다.
- 추출된 성취기준을 중심으로 한 단원 전체를 설계하는 안목이 필요하다.
- 축소, 추가, 통합, 대체의 내용 구성 방법이 주로 활용된다.

>> 구성 방법

● 교과, 단원 명, 성취기준
- 교과 명, 교과서 단원 명, 해당 성취기준을 찾아 기록한다.
- 성취기준의 지식, 기능, 태도를 읽고 이해한다.

● 구성 의도
- 단원 내 수업 구성 의도를 교사의 교육관, 철학과 가치, 목표, 문제의식, 학생의 발달단계와 특성 등과 관련하여 설명한다.
- 교사의 의도는 기록하는 과정을 거쳐 보다 정교화된다.
- 우측에는 단원 내 구성이 갖는 학교 교육과정 목표와의 연관성 (행복학교), 교사 교육과정 목표와의 연관성(목표 1-2), 평가할 성취 기준(2국03-04) 등을 제시하여 의도를 명확히 한다.

● 과정 평가 계획
- 평가 유형, 방법, 내용에 대해 간단하게 기록한다.
- 수업을 계획할 때 평가도 함께 계획하기 위한 장치이다.

◎ 목표 및 중점 교육활동을 반영한 단원 내 내용 구성

1. 성취기준의 지식, 기능, 태도를 분석하고 교사 교육과정의 목표, 중점 교육활동과 어떻게 연계할 것인지 탐색한다. (교과서 내용 참고)

2. 교과서 내용을 기준으로 **덜어낼 부분**을 찾는다.
   - 기존에 배운 내용, 성취기준 도달에 적합하지 않은 내용
   - 축소 · 통합할 수 있는 내용, 대체할 수 있는 내용 등

3. 덜어낸 자리에 **내용을 추가**한다.
   - 교사 교육과정의 목표 및 중점 교육활동과 관련된 내용
   - 지금 · 여기 · 우리, 아이들의 삶을 반영한 내용
   - 성취기준 도달을 위해 추가될 필요가 있는 내용
   - 역량 함양을 위한 학생 주도적인 내용 등

4. 추가한 내용을 반영하여 단원 내 수업 계획, 배움 주제, 주요 활동을 작성한다.

5. 지필 또는 수행평가를 계획한다. (★ 표시)
   - 성취기준 도달을 결정하는 수업, 도달 정도를 확인하는 수업에 과정 중심 평가를 계획하고 미도달 학생 피드백 방법을 예상해본다

2. 「단원 간」 내용구성

가. 단일교과

4학년 P 선생님의 목표 및 중점 교육활동과 연계한 단원 간 재구성 사례

목표2

규칙적인 독서 활동으로 책의 재미를 알고 독서 습관 및 바른 인성 함양하기

[중점 교육활동 : 한 학기 한 권 온 책읽기 활동]

「온 책 읽기」를 위한 단원 간 구성   (기간 9. 7~10)

◼ 교과 : 국어

◼ 단원명 : 1.생각과 느낌을 나누어요. / 3. 느낌을 살려 말해요. /

　　　　10. 인물의 마음을 알아봐요.

◼ 성취기준   ◼ 길러줄 핵심 역량 : 심미적 감성역량, 의사소통역량

국어	[4국05-04] 작품을 듣거나 읽거나 보고 떠오른 느낌과 생각을 다양하게 표현한다.
	[4국03-04] 읽는 이를 고려하며 자신의 마음을 표현하는 글을 쓴다.
	[4국01-04] 적절한 표정, 몸짓, 말투로 말한다.

◼ 성취기준

일반적으로 독서를 할 때 글자만 읽고 넘어가 글의 내용을 제대로 파악하지 못하는 경우가 많아 독후활동을 하는 데 어려움을 겪는 경우가 많다. 하나의 책을 다양한 방식으로 읽는 온 책 읽기를 통해 깊이 있는 책 읽기를 하고자 한다.

▣ 과정 평가 계획

평가 방법은 수행평가로 실시한다. '랑랑별 때때롱'에서 등장하는 한 부분을 읽고 자신의 생각을 적고, 친구들에게 나누는 과정을 평가한다. 또한 인물의 마음이 잘 드러나게 역할극을 구성하여 발표하는 장면을 평가한다.

▣ 수업 계획

「랑랑별 때때롱」을 국어과 3개의 단원 연결하여 수업하기

국어 (1. 생각과 느낌을 나누어요.)		국어 (3. 느낌을 살려 말해요)	
배움 주제 (평가★)			
차시	배움 주제 (평가★)	차시	배움 주제 (평가★)
1	시를 읽고 생각이나 느낌이 서로 다른 까닭 말하기	1	상황에 따른 표정, 몸짓, 말투 알아보기
2	시를 읽고 생각이나 느낌 나누기	2	적절한 표정, 몸짓, 말투로 표현하기
3	이야기를 읽고 생각이나 느낌 나누기★	3	듣는 사람을 고려해 말하기
4	일어난 일에 대한 의견 말하기	4	읽는 사람을 고려해 생각이나 느낌 쓰기★
5	이야기를 읽고 의견 나누기	5	자신이 겪은 일 실감 나게 말하기
국어 (10. 인물의 마음을 알아봐요.)			
차시	배움 주제 (평가★)		
1	표정이나 행동을 보고 인물의 마음 짐작하기		
2	만화를 읽을 때 인물의 마음을 짐작하는 방법 알기		
3	인상적인 장면을 골라 인물의 마음 표현하기		
4	인물의 마음에 어울리는 말투, 표정, 몸짓을 실감 나게 표현하며 역할극 하기★		
5	재미있었던 일을 만화로 표현하기		

나. 타교과 연계

3학년 Y선생님의 목표 및 중점 교육활동과 연계한 단원 간 재구성 사례

목표3 음악, 미술 체육 활동으로 창의성을 길러 심미적 감성을 기른다.

[중점 교육활동 : 쉽고 즐거운 다양한 예술 활동으로 수업에 몰입하기]

「소리」 중심의 단원 간 내용 구성 　(기간 9. 7~10)

▣ 교과 : 과학, 음악, 미술

▣ 단원명 : 과학5. 소리의 성질 / 음악3. 음악과 함께해요 /

　　　　　 미술1. 종이로 만드는 세상

▣ 성취기준

과학	[4과08-01] 여러 가지 물체에서 소리가 나는 현상을 관찰하여 소리가 나는 물체는 떨림이 있음을 설명할 수 있다. [4과08-02] 소리의 세기와 높낮이를 비교할 수 있다. [4과08-03] 여러 가지 물체를 통하여 소리가 전달되거나 반사됨을 관찰하고 소음을 줄이는 방법을 토의할 수 있다.
음악	[4음01-05] 주변의 소리를 탐색하여 다양한 방법으로 표현한다.
미술	[4미02-04] 표현 방법과 과정에 관심을 가지고 계획할 수 있다.

▣ 구성 의도

우리는 살아가며 많은 소리들을 접하기 때문에 학생들은 '소리'에 대해서 당연하게 받아들이는 경우가 많습니다. 실험을 통해 소리의 원리와 성질 등을 탐구하는 것은 물론이고, 소리가 나는 다양한 사물을 경험해보고 직접 만드는 활동을 하여 실생활에서 느끼는 '소리'에 대해 집중적으로 학습하도록 합니다.	

■ 과정 평가 계획

과학 - 우리 주변의 소음에 대한 문제성을 인식하고 모둠원들과 함께 토의하여
       해결책을 찾아가는 과정을 평가할 계획입니다.
음악 - 주변의 소리에 대해 잘 이해하고 이를 다양한 방법으로 표현할 수 있는 지에
       대하여 평가할 계획입니다.
미술 - 종이를 이용하여 표현하는 방법과 과정에 관심을 가지고 창의적인 방법으로
       구체물을 제작하는지에 대한 것을 관찰하여 평가할 계획입니다.

■ 수업 계획

「소리」를 중심으로 서로 다른 3개 교과의 단원 연계하여 수업하기

과학 (5. 소리의 성질)		음악 (3. 음악과 함께해요)	
차시	배움 주제 (평가★)	차시	배움 주제 (평가★)
1	명탐정! 소리의 주인공 추리하기	1	주변의 소리를 여러 가지 방법으로 표현하기
2	물체에서 소리가 날 때의 공통점은 무엇일까요?	2-3	주변의 다양한 물체를 이용하여 막기 만들기★
3	어떻게 하면 작은 소리나 큰 소리를 낼 수 있을까요?	4	다양한 연주법으로 함께 연주하고 발표하기(인형극)
4	높은 소리와 낮은 소리를 어떻게 이용할까요?		
5	실을 이용해 소리를 전달할 수 있을까요?		
6	실을 이용해 소리를 전달할 수 있을까요?	미술(1. 종이로 만드는 세상)	
		차시	배움주제(평가★)
7	소리가 나아가다가 물체에 부딪치면 어떻게 될까요?	1-2	종이의 쓰임새 알아보기
8	우리의 주변의 소음을 어떻게 줄일까요?★	3-4	모양을 생각하며 종이로 꾸미기★
9-10	다양한 소리로 인형극 하기	5-6	쓸모를 생각하며 종이로 만들기
11	소리의 성질을 정리해 볼까요?		

- 공통점이 있는 두 개 이상의 단원을 연속하여 배우는 형태이다.
- 지도시기를 조정한 후, 수업 내용을 새롭게 구성한다.
- 분절적인 교과와 단원 학습의 한계를 보완할 수 있다.
- 단일 교과 내 단원 간 구성, 타 교과와 연계한 단원 간 구성 방법을 활용할 수 있다.
- 교과서 단원 시수 편성과 내용 구성을 기본으로 활용하는 형태이므로, 주제 중심 구성에 비해 비교적 손쉽게 구성할 수 있다.
- 공통된 지식, 가치, 개념을 바탕으로 긴 호흡의 수업이 가능하므로 다양한 활동 선택의 가능성이 높고 학생 중심 수업이 용이하다.

◎ 교과, 단원 명, 성취기준, 구성의도, 과정 중심 평가 계획

• 단원 내 구성 방법과 동일하게 작성

◎ 수업 계획

• 성취기준-교과서 맵핑 자료를 읽고 교사 교육과정의 목표나 중점 교육활동과 연계된 단원을 탐색한다.

• 연계하여 수업할 수 있는 **단원의 지도 시기**를 조정한다.

  예1) 온 책 읽기와 관련된 국어과 단원이 3, 5, 7월에 배정된 경우, 세 단원의 지도 시기를 3월로 조정하여 온 책 읽기 수업을 구성하고, 학기 초 독서 습관 조성

  예2) 봄 현장학습과 연계한 수업을 위해, 현장학습을 중심으로 사전 준비 수업과 체험활동 후 경험을 수업의 재재로 활용할 수 있도록 단원 재배치

• 단원 시기 조정 후, 단원을 연계하여 **긴 호흡으로 수업 활동을 구성**하고 배치한다.

• 과정 중심 평가 시기를 결정하고 반영한다. (★ 표시)

3. 「주제 중심」 내용 구성

3학년 Y선생님의 목표 및 중점 교육활동과 연계한 단원 간 재구성 사례

목표4 교과와 연계한 다양한 체험학습으로 심미적 감성 키우기

[중점 교육활동 : 학기 2회 지역 사회문화 자연 · 예술 체험활동 실천하기]

「N.A.L 좀 보소」 주제 중심 내용 구성 (기간 9. 23.~27)

주제	지역 문화 연계 통영 알아보기 프로젝트	핵심 역량	공동체 역량 의사소통역량
구성 의도	통영은 예술, 문학, 그리고 아름다운 바다로 인한 자연 경치가 매우 유명한 도시이다. 하지만 통영 에 살고 있는 학생들은 다른 지역의 아이들보다 통영의 자랑인 예술, 문학, 그리고 자연 환경에 대해 잘 알고 있는 것 같지 않다. 따라서 이번에 통영 알아보기 프로젝트를 통해 4학년 학생들에게 지역에 대한 관심을 불러일으키고 자부심을 가지게 하려고 한다.		
성취 기준 및 관련 단원	[4국03-03] 관심 있는 주제에 대해 자신의 의견이 드러나게 글을 쓴다. [4국04-03] 기본적인 문장의 짜임을 이해하고 사용한다.	국어5. 의견이 드러나게 글을 써요	
	[4국02-03] 글에서 낱말의 의미나 생략된 내용을 짐작한다.	국어6. 본. 받을 인물	
	[4사04-01] 촌락과 도시의 공통점과 차이점을 비교하고, 각각에서 나타나는 문제점과 해결 방안을 탐색한다.	사회1. 촌락과 도시의 생활 모습	
	[4과05-01]여러 가지 식물을 관찰하여 특징에 따라 식물을 분류할 수 있다. [4과05-02] 식물의 생김새와 생활 방식이 환경과 관련되어 있음을 설명할 수 있다.	과학 1. 식물의 생활	
	[4미02-01] 표현 방법과 과정에 관심을 가지고 계획할 수 있다.	미술 1. 관찰하고 표현해요	

배당 시수	사회6＋과학8＋미술4＋국어9		계	27차시
주제 목표	가는개 세포마을에서 여러 가지 식물을 관찰하고 특징에 따라 분류할 수 있다. 가는개 세포마을 방문 후 촌락과 도시의 공통점과 차이점을 비교하고 각각에서 나타나는 문제점과 해결 방안을 탐색할 수 있다. 박경리 소설가, 전혁림 화가와 관련된 기념관을 방문하여 통영의 문학과 예술에 대해 배우고 자부심을 갖게 한다. 본받을 인물들의 위인전을 찾아보고 전기문을 쓸 수 있다.			[영표] 탐구학교 [성취] 목표1-4 [4과05-01] [4미04-01] [성취] 인성

소 주제	관련교과 (차시)	주요 배움 활동 （★-평가）	과정중심 평가 （방법）

Nat
ure
통영
의
자연
	사회6
	과학8
		·촌락과 도시에 대해 알아보기
		- 농촌, 어촌, 산지촌의 모습 조사하고 특징 알아
		  보기 ★
		  *현장체험학습(가는개 세포마을)
		- 촌락과 도시의 공통점과 차이점 및 도시와 촌락
		  문제를 해결하기 위한 노력 알아보기
		·식물의 생활
		- 장소에 따른 식물의 종류 및 특징 알아보기
		- 가는개 세포마을에서 잎새프린트 활동을 통해
		  식물 관찰하고 분류하기 ★
		  *현장체험학습(가는개 세포마을)
		- 우리 생활에서 식물을 활용한 사례 알아보기
			(조사) 촌
			락의 종류
			와 특징 조
			사하여 봅
			시다.
			(실습) 여
			러 가지 식
			물을 기준
			을 만들어
			분류해 봅
			시다.

Art
통영
의
예술
	미술4	·전혁림 화가에 대해 알아보기
		- 추상화를 감상하고 느낌이나 생각 이야기하기
		- '전혁림' 화가에 대해 알아보고 미술관 방문
		  하기 ★
		  * 현장체험학습(전혁림 미술관)
			(실기) 전
			혁림 미술
			관에서 추
			상화를 그
			려봅시다.

Lit
era
ture
통영
의
문학
	국어9	·박경리 소설가에 대해 알아보기
		- 자신이 좋아하는 소설과 소설가에 대해 조사하고 이
		  야기 나누기
		- 소설 '토지'와 '박경리' 작가에 대해 알아보기
		- 박경리 기념관 방문 후 박경리 전기문 작성하기
		  *현장체험학습(박경리 기념관)	

총 시수	27차시		

 특징

· 단원 내, 단원 간 내용 구성에 비해 교과서 활용 비중이 낮고 교
사의 기획력과 교육적 상상력에 의존하는 내용 구성 방법이다.

· 차시 배정, 주제 선정, 내용 결정 등 전반적인 내용이 새롭게 구
성되므로 교사의 개발자와 결정자로서의 권한이 적극적으로 발
휘된다.

· 서로 다른 다양한 교과가 주제를 중심으로 통합되는 형태이다.

· 단원 내, 단원 간 재구성에 비해 시간과 열정, 전문성, 수업 설계
능력이 많이 요구된다.

· 교사 교육 목표 및 중점 교육활동을 적극적으로 반영하여 주제
중심 수업을 구성할 수 있다.

구성 방법

【 주제 선정을 위한 아이디어 】

· 교사 교육과정의 목표 및 중점 교육 활동과 연계한 주제
· 학생의 삶을 담은 지금 여기 우리와 관련된 주제
· 6가지 핵심 역량과 관련된 주제
· 인성 덕목 함양을 위한 주제
· 학교, 학년 중점 과제 및 교내 행사와 연계할 수 있는 주제
· 현장학습과 연계한 주제 선정
· 성취기준의 공통점을 추출한 주제
◎ 교과, 단원 명, 성취기준, 구성의도, 과정 중심 평가 계획
  단원 내 구성 방법과 동일하게 작성

◎ 배당 시수

- 관련 교과 단원 차시의 합을 기준으로 자유롭게 증감하되, 가급적 관련 단원을 통째로 가져와 재구성 하는 방법 권장
- 필요 시 학급에 배당된 창의적 체험활동 시수 활용

◎ 주제 목표

- 주제 중심 수업을 통해 교사가 의도하는 목표를 서술
- 관련 성취기준을 고려하여 작성

◎ 소주제

- 주제 중심 수업을 세부 블록으로 구분 짓는 소주제 선정
- 소주제는 병렬형, 단계형으로 선정 가능
  - 병렬형 : (소주제) 우리 고장의 자연, 우리 고장의 산업
  - 단계형 : (소주제) 우리 고장의 문화재 탐구 ➔ 나는야 문화재 해설사
- 소주제간 유기적인 연계성을 높일 수 있도록 작성

◎ 관련 교과 (차시)

- 소주제별 내용에 적합한 교과 및 수업 시수 배당
- 총 시수의 범위 내에서 학습 난이도 등을 고려하여 적절한 차시 배정

◎ 주요 배움 활동

- A4 한 장에 작성되므로 구체적인 활동과 목표를 제시하기보다 수업 주제와 아이디어 차원에서 작성
- 관련 성취기준 및 소주제와 적합성이 높은 활동 구성
- 교과서 내용을 참고로 하되, 교과서의 내용과 방법에 얽매이지 않고 교사의 창의적인 수업 기획력을 발휘하여 진술 (필요시 교과서 내용 활용 - 지식이나 절차적 방법 학습)
- 수업 주제와 활동이 분절적이지 않고 논리적 흐름과 계열성이 확보될 수 있도록 작성

◎ 과정중심평가

- 주제 중심 수업 구성 시 평가 문항의 방향도 함께 작성
- 평가 방법 및 문항에 대해 기술

STEP1~3 의 내용을 반영한 교과별 진도표 및 평가 계획 작성

실천 사례

2019. 2학년 2학기 국어과 배움 중심 수업 계획

기호 사용 안내	
본교 교육 목표	학급 교육 목표

본교 교육 목표	학급 교육 목표	
행복학교 성품학교 정의학교 탐구학교	1	인사예절, 정리정돈, 통행 방법 등의 기초·기본 습관 형성하기
	2	배움에 적극적으로 참여하며 배움의 즐거움 찾기
	3	책 읽기에 흥미를 가지고 독서 습관화하기
	4	나를 사랑하고, 남을 사랑하며 배려와 협동 실천하기

범교과 주제	과정 중심의 평가	내용 구성 유형
안전·건강 인성 진로 다문화 인권 민주시민 통일 독도 경제·금융 ESD 한자 정보통신윤리	평가 슬02-02	평가가 이루어지는 성취기준의 코딩 번호 명시
		단원내 단원간 주제중심

기간	성취기준	주안점	단원명 /재구성 유형	학습 내용 (과정 평가 ★)	차시	메모
9월	[2국03-05]쓰기에 흥미를 가지고 즐겨 쓰는 태도를 지닌다. [2국05-03]여러 가지 말놀이를 통해 말의 재미를 느낀다.	행복학교 학급 목표3 범교과 인성	3. 말의 재미를 찾아서	재미있는 말 찾기	1	
				재미있는 말 찾기	1	
				흉내 내는 말을 넣어 짧은 글 쓰기	1	
				흉내 내는 말을 넣어 짧은 글 쓰기	1	
				말의 재미를 느끼며 수수께끼 놀이 하기	1	
				말의 재미를 느끼며 수수께끼 놀이 하기	1	
				말의 재미를 느끼며 다섯 고개 놀이하기	1	
				여러 가지 말놀이 하기	1	
				여러 가지 말놀이 하기	1	

9월	[2국03-04]인상 깊었던 일이나 겪은 일에 대한 생각이나 느낌을 쓴다. [2국01-03]자신의 감정을 표현하며 대화를 나눈다. [2국04-03]문장에 따라 알맞은 문장 부호를 사용한다. [2국03-03]주변의 사람이나 사물에 대해 짧은 글을 쓴다. [2국05-03]여러 가지 말놀이를 통해 말의 재미를 느낀다.	[영역] 탐구학교 [역량] 목표2 [성취기] 국03-03	2. 인상 깊었던 일을 써요/ 6. 자세 하게 소개 해요 [주제중심]	통영 인물 알아보기	1	
				통영 인물 알아보기	1	
				사람을 소개할 때 활용하는 표현 알아보기	1	
				사람을 소개하는 글을 쓰는 방법 알기	1	
				통영 인물 조사 계획 세우기	1	
				통영 인물 조사 계획 세우기	1	
				통영 인물 조사 계획 세우기	1	
				통영 인물 조사 계획 세우기	1	
				사전 조사 학습 및 내용 공유하기, 질문 만들기	1	
				사전 조사 학습 및 내용 공유하기, 질문 만들기	1	
				통영 인물 사전 체험학습	1	
				통영 인물 사전 체험학습	1	
				통영 인물 사전 체험학습	1	
				통영 인물 사전 체험학습	1	
				인물을 소개하는 글쓰기★	1	
				인물을 소개하는 글쓰기	1	
				인상 깊었던 일을 쓰는 방법 알기	1	
				프로젝트에서 인상 깊었던 일 쓰기	1	
				프로젝트에서 인상 깊었던 일 쓰기	1	
9월 말 ~ 10월 초	[2국02-04]글을 읽고 인물의 처지와 마음을 짐작한다. [2국03-02]자신의 생각을 문장으로 표현한다.	[영역] 성품학교 [역량] 목표4 [범교과] 인성	4. 인물의 마음을 짐작 해요	글에 나오는 인물의 마음 알기	1	
				글에 나오는 인물의 마음 알기	1	
				글에 나오는 인물의 마음을 짐작하는 방법 알기	1	
				글에 나오는 인물의 마음을 짐작하는 방법 알기	1	
				글을 읽고 인물의 마음 짐작하기	1	
				글을 읽고 인물의 마음 짐작하기	1	
				글을 읽고 인물에게 하고 싶은 말 쓰기	1	
				글을 읽고 인물에게 하고 싶은 말 쓰기	1	
				인물의 마음을 생각하며 글 쓰기	1	
				인물의 마음을 생각하며 글 쓰기	1	

				이야기에 나오는 인물의 모습 상상하기	1	
10월	[2국01-02]일이 일어난 순서를 고려하며 듣고 말한다. [2국05-02]인물의 모습, 행동, 마음을 상상하며 그림책, 시나 노래, 이야기를 감상한다.	행복학교 목표2	7. 일이 일어난 차례를 살펴요	이야기에 나오는 인물의 모습 상상하기	1	
				인물의 모습을 상상하는 방법 알기	1	
				이야기를 듣고 인물의 모습 상상하기	1	
				이야기를 읽고 일이 일어난 차례대로 이야기의 내용 말하기	1	
				이야기를 읽고 일이 일어난 차례대로 이야기의 내용 말하기	1	
				일이 일어난 차례대로 이야기 꾸미기	1	
				일이 일어난 차례대로 이야기 꾸미기	1	
11월	[2국05-02]인물의 모습, 행동, 마음을 상상하며 그림책, 시나 노래, 이야기를 감상한다. [2국01-03]자신의 감정을 표현하며 대화를 나눈다. [2국05-04]자신의 생각이나 겪은 일을 시나 노래, 이야기 등으로 표현한다. [2국04-04]글자, 낱말, 문장을 관심 있게 살펴보고 흥미를 가진다.	행복학교 목표3 국05-04 진로 단원간	1. 장면을 떠올리며/ 5. 간직하고 싶은 노래	도서관에서 가을과 관련된 시, 동화 찾아보기	1	
				도서관에서 가을과 관련된 시, 동화 찾아보기	1	
				가을과 관련된 시, 동화를 읽고 소감 나누기	1	
				가을과 관련된 시, 동화를 읽고 소감 나누기	1	
				겪은 일을 시나 노래로 표현하는 방법 알아보기	1	
				겪은 일을 시나 노래로 표현하는 방법 알아보기	1	
				나들이 경험을 떠올리며 가을 시 쓰기★	1	
				나들이 경험을 떠올리며 가을 시 쓰기	1	
				나들이 경험을 떠올리며 가을 시 쓰기	1	
				시 낭송하기 및 소감 나누기	1	
				시 낭송하기 및 소감 나누기	1	
				시의 내용을 이용하여 가을 노래 만들기	1	
				시의 내용을 이용하여 가을 노래 만들기	1	
				가을 노래 발표회 및 소감 나누기	1	
				가을 노래 발표회 및 소감 나누기	1	
				시수총계	110	

■ 2019. 2학년 2학기 국어과 과정 중심평가 계획

순	단원	성취기준	핵심역량	평가 방법		시기
				지필	수행	
1	6. 자세 하게 소개해요	[2국03-03]주변의 사람이나 사물에 대해 짧은 글을 쓴다.	지식정보처리역량	∨		9월
2	5. 간직하고 싶은 노래	[2국05-04]자신의 생각이나 겪은 일을 시나 노래, 이야기 등으로 표현한다.	심미적감성역량		∨	11월
3	8. 바 르 게 말해요	[2국01-06]바르고 고운 말을 사용하여 말하는 태도를 지닌다.	의사소통역량		∨	11월
4	9. 주요 내용을 찾아요	[2국02-03]글을 읽고 주요 내용을 확인한다.	지식정보처리역량	∨		12월

※ 평가 계획 양식 구성은 시도교육청 학업성적관리지침에 따라 상이할 수 있음

· 교사 교육과정의 목표, 내용, 평가가 반영된 학기 단위 배움 중심 수업계획(교과별 진도표)이자 교과별 수업 조망도의 한 형태이다.

· 교사 교육과정의 실천을 위해 성취기준 및 교과서 내용을 분석하고 관련된 교사 교육과정 목표를 주안점에 제시하여 해당 단원의 수업이 목표 도달에 어떠한 의미가 있는지 규명하여 제시하였다.

· 기존의 진도표에 성취기준, 주안점(학교 목표, 교사 목표, 범교과, 평가할 성취기준), 과정중심평가계획, 메모란을 추가하여 통합적으로 작성한 형태이다.

· 새학기 맞이 준비 기간에 구성한 단원 내, 단원 간, 주제 중심 내용 구성 결과를 교과별 수업 계획에 반영하였다.

· 교과별 배움중심수업계획에 성취기준과 교과서 내용을 맵핑하여 기술함으로써 학기 중 성취기준 중심의 수업과 재구성을 용이하게 한다.

· 전문적 학습공동체를 통해 만들어가는 교육과정이 될 수 있도록 수업 협의 과정과 결과를 기록할 수 있는 공간인 '메모'를 마련하였다.

· 2월에 작성된 진도표를 기초 자료로 삼아 학년(군)별 전문적 학습공동체에서 수업 계획을 수정·발전시켜 나간다.

【 교과별 배움 중심 수업계획 작성 순서와 방법 】

1. 교과서 단원의 지도 시기를 조정한다.

   - 단원 내, 단원 간, 주제중심 내용 구성 시 수정된 지도 시기 반영

   - 학기 초 기초기본 학습 습관, 관계형성, 학기말 취약시기, 특정 행사(독서의 달, 호국보훈의 달, 독도행사, 어버이날 등)를 고려한 단원 지도 시기 조정

2. 조정된 단원의 순서를 진도표의 기본 양식에 **성취기준과 단원명** 만 넣는다.

   - 성취기준- 교과서 맵핑 자료 한글파일에서 복사-붙이기로 작업하기

3. 성취기준과 단원명을 보고 '교사 교육과정 목표 및 중점 교육 활동'와 관련된 성취기준을 찾아 주안점에 목표2 표시한다.

   - STEP 2에서 추출한 목표 관련 성취기준을 활용하면 된다.

4. 성취기준을 보고 주안점의 [학교목표 성품학교 , 범교과 인성 , 평가할 성취기준 국05-04]을 전문적 학습공동체에서 의논하여 반영한다.

5. 주안점 작업이 끝난 후, 지도 내용(학습 내용)을 채워 넣는다.

   - 나이스 연간진도표의 지도 내용을 엑셀로 다운받아 한글 파일로 복사 · 붙이기(단원 내, 단원 간, 주제 중심 내용 구성을 지도표에 반영하기)

   - 검인정 교과의 경우, 해당 출판사 홈페이지에서 제공하는 진도표 활용

6. 과정중심평가가 필요한 수업에 (★)표시를 넣는다.

7. 교과별 배움중심수업 계획의 끝에 평가 계획을 종합하여 정리한다.

STEP1~4 의 내용을 반영한
교사 교육과정 플래너 작성

1. 실천사례

중점 교육활동		신학기 배움터다지기 프로그램
		골마루 프로젝트
		단원 간 재구성
		단원 간 재구성(체험학습 연계)

월	주	기간	수업 일수	월				화			
				1교시	2교시	3교시	4교시	1교시	2교시	3교시	4교시
3	2	3월4일~9일	5	자율	자율	자율		봉사	자율	자율	자율
	3	3월11일~16일	5	국	즐(김)	수	슬	수	즐	국	바
	4	3월18일~23일	5	국	즐(김)	수	슬	수	즐	국	바
	5	3월25일~3월30일	5	국	즐(김)	수	슬	수★	즐	국	바
4	6	4월1일~6일	5	국	즐(김)	수	슬	수	즐	국	바
	7	4월8일~13일	5	자율	즐★	즐	자율	수	국	국★	국
	8	4월15일~20일	5	국	즐(김)	국	국	수★	즐	국	바
	9	4월22일~27일	5	자율	자율	수	슬	자율	자율	국	바
	10	4월29일~5월4일	5	국	즐(김)	수	슬	수	즐	국	바
5	11	5월6일~11일	4	대체공휴일				수	즐	국	바
	12	5월13일~18일	5	국	즐(김)	수	슬	수	즐	국	바
	13	5월20일~25일	5	국	즐(김)	수	슬	수	즐	국	바
	14	5월27일~6월1일	5	국	즐(김)	수	슬	수	즐	국	바★
6	15	6월3일~8일	4	국	즐(김)	수	슬	수	즐	국	바
	16	6월10일~15일	5	국	즐(김)	슬	슬	수	즐	국	바
	17	6월17일~22일	5	국	즐(김)	슬★	슬	수	즐	국	바
	18	6월24일~29일	5	국	즐(김)	수	슬	수	즐	국	바
7	19	7월1일~6일	5	국	즐(김)	수	국	수	즐	국	바
	20	7월8일~13일	5	국	즐(김)	수	국	수	즐	국	바
	21	7월15일~20일	5	국	즐(김)	수	국	수	즐	국	바
	22	7월22일~27일	3	국	즐(김)	즐	국	즐	즐	국	바

학기	과목	국어	수학	바생	슬생	즐생		
							배다프	골마루(자치)
1	계획시수	128	66	38	54	102	10	10

2019. 1학기 학급 교육 플래너 [2-1]

	회복적 써클 모임
	봄 행복학교
	여름 성품학교
★	과정 중심 평가

	체험 중심 안전 교육(1학년)
	연극 강사 팀티칭 수업
	보건교육
	진로교육(자기이해활동)

수				목					금			
2교시	3교시	4교시	5교시	1교시	2교시	3교시	4교시	5교시	1교시	2교시	3교시	4교시
자율	자율	자율	자율	자율	자율	자율	자율	수	수	국	자율	즐
수	안전	즐	바	진로	진로	진로	진로	수	국	국	즐	즐
자율	안전	즐	바	즐	슬	슬	국	수	국	국	즐	즐
수	안전	즐	바	자율	슬	슬	국	수	국	국	즐	즐
수	안전	즐	바	즐	슬	슬	국★	수	국	국	즐	즐
국	국	국	자율	자율	자율	자율	자율	자율	바	바	자율	자율
수	안전	즐	바	즐	슬	슬	국	수	국	국	즐	즐
수	안전	즐	바	자율	슬	슬	국	수	국	국	즐	즐
수	안전	즐	바	즐	슬	슬	국	수	국	국	즐	즐
수	안전	즐	바★	즐	슬★	슬	국	수	국	국	즐	즐
수	안전	즐	바	즐	슬	슬	국	수★	국	국	즐	즐
수	안전	즐	바	즐	슬	슬	국	수	국	국	즐	즐
수	안전	즐	바	자율	슬	슬	국	수	국	국	즐	즐
수	안전	즐	바	현충일					국	국	즐	즐
수	안전	즐	바	현장체험학습(국국국슬봉)					국★	국	즐	즐
수	안전	즐	바	슬	슬	슬	국	수	국	국	즐	즐
수	안전	즐★	바	자율	슬	슬	국	수	국	국	즐	즐
동	동	동	동	자율	자율	동	동	동	자율	자율	동	동
수	안전	즐	바	즐	국	국	국	수	국	국	즐	즐
수	즐	즐	바	즐	국	국	국	국	국	국	즐	즐
여름방학식(국자즐)												

자율					동아리	봉사	진로	총계
회복적써클	보건교육	봄행복학교	여름성품학교	기타				
4	2	4	4	8	10	2	4	462

》》 특징

· 학급 플래너는 학급 한해살이를 한 눈에 확인할 수 있는 교사 교육과정 일정표이다.

· 계획은 계획으로서 의미가 있다. 2월에 구성된 교사 교육과정 계획을 염두에 두고 운영하되 상황에 따라 수정·발전하기 위해 필요한 보조 자료이다.

· 학급 플래너는 교사가 한 학기 교육과정에 대한 전체적인 조망도를 갖고, 체계적이고 계획적인 교사 교육과정을 운영하는데 도움을 준다.

· 플래너 한 장으로 한 학기 교사 교육과정의 편성, 수업 구성, 강조점, 특징, 과정평가시기, 교과별 시수배당, 중점교육활동, 학교의 주요 행사 등을 손쉽게 확인하고 설명할 수 있다.

· 플래너는 2월에 구성한 교사 교육과정을 나이스에 입력한 후, 교실에서 보다 쉽게 활용할 수 있도록 한 '기록'의 또 다른 형태이자, 목표와 의도를 반영한 '교사 교육과정 설계도'로써의 성격을 갖는다.

》》 구성 방법

1. STEP 1~4번의 내용을 나이스에 입력한다.

   - STEP3에서 완성된 교과별 배움중심수업계획(진도표) 한글 파일의 학습 내용을 복사하여 나이스 진도표 엑셀에 붙인다.

   - 엑셀 파일을 업로드하여 나이스 편성을 완료한다.

2. 나이스를 활용하여 1학기 시간표를 편성한다.

3. 나이스에서 작업이 완료된 시간표를 엑셀로 다운 받는다.

   - (경로) 나이스>교육과정>시간표관리>반별시간표>학기별 시간
     표 관리>우측 시간표내역

4. 엑셀에서 1학기 시간표가 있는 영역을 전부 드래그 ⇨ 한글 파일
   로 변환 → 한글 파일에서 요일 간 빈 공간 제거하기

5. 한글에 붙여놓은 내용을 보고 불필요한 내용 전부 제거
   -예) 국어(김현우) ⇨ (불필요한 내용 삭제) ⇨ 국
   - 찾아 바꾸기 활용 ctrl + F + 바꾸기 클릭

6. 작업이 완료된 연간시간표를 플래너 기본 양식(한글 파일)에 붙
   여넣기

7. 학교의 학사 일정을 참고하여 주요 행사 반영하기

8. 단원 내, 단원 간, 주제 중심 구성 내용을 서로 다른 색으로 플래
   너에 반영하기
   - 연극 수업, 자치 활동 등 학급살이의 특징을 살려 다양한 색으
     로 표현

9. 나이스 진도표를 보고 과정중심평가 실시 날짜를 확인하여 표시
   하기
   - 플래너에서 ★로 표시

10. 중점 교육활동을 찾아 별도의 색으로 표시하기 (범례에 색 추가)

꼭 2월에 교사 교육과정 설계를 완료해야 하나요?
매월 또는 분기별로 조금씩 만들어 갈 수도 있지 않나요?

2월을 강조한 이유는, 비교적 시간적 여유가 있고, 1학기를 준비하기에 가장 최적의 시간이기 때문이다. 2월에는 학기, 학년 전체를 조망하며 계획을 수립할 수 있는 여유 공간이 있다. 하지만 학기가 시작되고 나면 다양한 변수가 존재한다. 그때그때 만들어 갈 수 있을 정도의 학교 차원의 배려와 지원이 있다면 조금씩 만들어가는 것도 어느 정도 가능하리라 본다. 하지만 개학 후 학교 바쁜 학교 일과로 인해 교사의 상당한 시간과 열정이 투자가 뒷받침 되어야 가능한 일이다. 경험적으로 판단해볼 때 쉽지 않은 과정이며, 2월에 수립한 계획에 비해 완성도가 높지 않다.

우리의 인생에서 중요하고 가치가 있는 일일수록 미리 목표를 설정하고 전체 계획을 세우며, 계획을 현실에 맞춰 수정해 가듯이, 아이들과 함께하는 한해살이 계획도 본격적으로 학기가 시작되기 전 계획이 수립되고, 학기 중 유연하게 수정·발전시키며 적용하는 형태가 바람직하다.

 여기에 나오는 양식(틀)을 꼭 모두 활용해야 하나요?

위에서 제시된 양식(틀)은 본교에서 협의를 통해 결정하여 활용한 틀이다. 학교 자체적으로 기존 합의된 틀이 있다면 그것을 활용하면 된다. 아직 그런 양식이 없다면, 위에 제시된 본교의 양식을 활용하는 것도 도움이 될 것이다. 이미 여러 사람을 통해 몇 년의 시간을 거쳐 검증이 되었기 때문이다.

양식(틀)은 내용을 담는 그릇이다. 담고자 하는 내용에 따라 적절히 변형하여 적용할 수 있어야 한다. 이를 위해 양식의 각 영역이 무엇을 담고자 하는지 의도를 이해하고 있다면, 교사 교육과정 구성 내용에 적절하게 변형하여 적용할 수 있는 능력을 갖게 될 것이다.

위 양식을 반드시 모두 활용할 필요는 없다. 학교 구성원의 합의를 통해 결정할 문제이다. 학교의 특성에 맞게 일부 추가하여 활용하는 것도 좋다.

참고로, 여기에 제시된 모든 양식은 필자가 운영하는 블로그
(https://blog.naver.com/hyunwoo4193) 에 탑재되어 있다.

 주로 활용하는 한 차시 교수 · 학습 과정안 양식은
무엇인가요?

교수 · 학습 과정안(수업지도안) 작성 양식은 학교별로 다양하다. 교사의 수업 의도, 수업 공개 목적, 참관 대상, 강조하고 싶은 내용 등에 따라 양식을 유연하게 변용하여 적용할 수 있어야 한다. 다음은 본교에서 학부모 대상 수업 공개 시 활용하는 지도안 양식과 동료 교사를 대상으로 수업을 공개할 때 필자가 활용하는 지도안 양식을 참고 자료로 제시한다.

한 차시 교수 학습 과정안 양식 I

주제	주제Ⅳ 신.경.질 가을 나들이		일시/대상	0000. 00. 0. / 2-2반 16명	
SOS 유형	토의 토론형		7대 안전 영역	신변 안전	
사례(CBL)	안전사고 조사 자료, 아이들의 경험				
성취기준	[2바06-01] 사람들이 많이 모이는 곳에서 질서와 규칙을 지키며 생활한다.				
배움 주제	사람들이 많이 모이는 곳에서 필요한 규칙과 질서를 알아봐요				
학습 자료	SOS 안전 디딤돌 워크북, 모둠 토의 활동판, 칭찬스티커, 안전 다짐 팔찌				

수업 과정	수업 흐름	배움 활동	과정중심 평가	자료(●) 및 유의점(※)
배움 주제 안내	전시 학습 상기	● 전시학습 상기하기 - 프로젝트 활동판을 보며 배운 내용을 떠올려 본다.	수행평가 SOS 안전 디딤돌 워크북을 활용한 수행평가	·사진 자료 프로 젝트판 ※ 배운 내용을 떠올려 보며, 허 용적인 분위기 속에 배움 주제 에 관심을 갖게 한다
	동기 유발	● 배움 주제 확인하기 -사진을 보며 흥미와 관심을 갖고 오늘의 배움 주제를 확인한다.		
	배움 주제 확인	사람들이 많이 모이는 곳에서 필요한 규칙과 질서를 알아봐요		
사례 제시	사례 조사 결과 나눔	배움1 사람들이 많이 모이는 곳의 안전사고 알아보기 ● 안전사고 사례 조사 결과 발표하기 - 사람들이 많이 모이는 곳에서 발생할 수 있는 안전사고 사례 조사 결과를 친구들과 공유한다. ● 안전사고의 원인과 결과 생각해보기 - 사람들이 많이 모이는 곳에서 일어나는 안전사고의 원인과 결과에 대해 생각해보는 시간을 갖는다.	토의/관찰 ↓ 평가관점 ⓐ사람들 이 많이 모이는 곳 에서 필요 한 규칙과 질서를 찾 을 수 있 는가? ⓑ토의 활 동에 적극 적으로 참 여하여 자 신의 생각 을 표현하 는가?	·SOS안전 디딤 돌 워크북 조사 결과 ※ 구체적인 상황 에서 일어날 수 있 는 안전사고를 탐 색하고 서로의 생 각을 비교하며 주 도적인 배움의 기 회를 갖는다 ※ 다양한 의견이 제시될 수 있도록 자유롭고 허용적 인 분위기를 조성 한다 ※ 안전 디딤돌 워 크북에 배운 내용 을 정리하고 평가 자료로 활용한다
모둠 토의 토의 결과 공유	안전 사고 원인 결과 탐색 모둠 토의	배움2 사람들이 많이 모이는 곳에 필요한 규칙과 질서 토의하기 ● 창문열기 토의로 규칙과 질서 찾기 - 사람들이 많이 모이는 곳에서 지켜야할 규칙과 질서를 창문열기 토의로 찾아보게 한다. 워크북 51쪽. 창문열기 토의판		※ 토의를 통해 사 람들이 많이 모이 는 곳에서 필요한 규칙과 질서를 발 견하고 워크북에 정리하며 평가 자 료로 사용한다
배움 정리	토의 결과 공유 안전 다짐 팔찌	● 친구들의 토의 결과를 보고 최고의 의견 뽑기 - 모둠토의 결과를 자유롭게 읽어보고, 가장 좋은 의견을 찾아 칭찬스티커를 붙이게 한다. ● 안전 다짐 팔찌 만들기 - 오늘 배운 내용을 떠올리며 안전 다짐 팔찌를 제작한다.	정의적영역 사람들이 많이 모이 는 곳에서 규칙과 질 서의 중요 성을 알고 지키고자 하는 일이 있는가?	※오늘 배운 내용 을 생활 속에서 실 천하고 실천 소감 을 일기로 쓰는 활 동을 과제로 제시 하며 다음 차시 수 업을 안내한다.
	과제 제시	● 과제 제시 및 차시 안내		

수업교과	도덕	대상	5학년 1반 24명	수업자	김현우
지도단원	2. 감성, 내 안의 소중한 친구			차시	1/4

주제	다양한 감정을 이해하고 적절한 표현방법 찾기
수업자 의도	아이들의 생활에서 느끼는 다양한 감정을 이해하고, 감정이 갖는 중요성과 적절한 표현방법을 배움으로써 바람직한 인간 관계에 기초한 인성 역량을 함양하는 것이 수업의 목표이다. 요즘 아이들은 감정의 중요성과 적절한 표현방법을 이해하지 못하고 있는 경우가 많다. 자신의 감정을 과잉 표현하여 친구들과 다투는 경우와 자신의 감정이 소중하다는 것 자체를 인식하지 못하여 부정적인 자극에 반응하지 않음으로서 친구들과 원만한 교우관계를 형성하지 못하는 모습을 보았다. 본시 수업을 통해 감정을 중요성과 적절한 표현방법을 익히고, 추후 전개되는 교육활동을 통해 교실과 가정에서 감정을 적절히 표현하는 연습을 통해 교실에서의 배움이 아이들의 삶과 연계될 수 있도록 수업을 운영하고자 한다.
수업의 흐름	· 동기유발(동영상, 퍼펙트 베이비, 감정조절능력) · 배움 주제 안내 · (활동1) 다양한 감정 이해하기 　- 최근 내 기억에 오랫동안 남아있었던 감정 표현하기 　- 다양한 감정을 분류해보고, 감정이 갖는 의미 알아보기 · (활동2) 감정에 따른 적절한 표현방법 탐색하기 　- 감정을 적절히 표현하지 못해서 문제가 되었던 경험 이야기하기 　- 감정에 따른 적절한 표현방법을 토의를 통해 결정하고 발표하기 · (활동3) 긍정적인 감정으로 변화시키는 나만의 방법을 생각해보고 몸으로 표현하기 　- 나만의 감정조절방법을 찾고 몸으로 표현하기 　　차시 예고 (충동적인 감정을 조정하는 방법 3단계)
평가 및 피드백 계획	· 본 수업에서는 지필 및 수행평가를 실시하지 않고, 수업의 과정에서 배움을 돕기 위한 형성 평가를 적용한다. · 활동1에서 감정을 떠올리기 힘들어하는 아이들을 위해, 교사의 사례를 예로 들어 안내하고, 활동 과정을 지켜보며 맞춤형 피드백을 제공하여 수업의 참여를 돕는다. · 활동2에서 감정에 따른 적절한 표현 방법을 찾는 과정을 관찰하고, 올바르지 못한 방법을 찾아내는 경우 모둠에서 다시 한번 고민하고 수정할 수 있는 기회를 제공한다. · 나만의 감정조절방법을 찾기 어려워하는 학생들을 위해 다른 친구들의 방법을 참고할 수 있는 기회를 제공하고, 친구들의 아이디어에 자신의 생각을 덧붙여 의미 있는 결과가 도출될 수 있도록 유도한다.

교사 교육과정,
한 걸음
더

앞서 제시된 교과별 진도표는 큰 틀에서 보면 교과서에 기반하여 작성되었다고 볼 수 있다. 교사 교육과정이 교육과정 결정자와 개발자로서의 역할을 강조하며 교과서에만 메이지 말라고 지속적으로 목소리를 내었던 것과 모순된다고 생각할지도 모른다.

본교에서 작성하여 활용하였던 틀과 양식, 구성 방법은 교과서가 주된 수업 자료로 활용되는 현실에 바탕을 두고 있다. 즉 모든 선생님들이 함께 할 수 있는 수준의 교사 교육과정 내용과 범주이며, 현재의 학교 교육과정 시스템에서 전문적 학습공동체를 통해 실제적으로 실천할 수 있는 정도라 생각했기 때문이다. 시간적 여유만 충분하다면, 지금보다 훨씬 더 많은 차시의 내용을 교사 교육과정의 관점에서 새롭게 구성하고, 아이들의 삶을 보다 적극적으로 담아낼 수 있는 교육과정을 개발할 수 있을 것이다. 하지만 현실은 그렇게 녹록하지 않다. 교사 간 인식의 차이도 크며, 여전히 교과서대로 가르치는 것이 가장 편안한 구성원도 있고, 그것이 최선이라 생각하는 분들도 계신다. 다양한 관점의 차이가 공존하는 학교 현장에서 어느 정도 숙의 과정을 거쳐 만들어낸 우리의 사례이고 모델이다. 적어도 위에서 언급한 교사 교육과정의 개발 과정과 절차, 그리고 양식은 3년 가까이 본교 선생님들이 함께 실천하며 다듬었던 결과로 만들어진 것이며, 어느 정도 현장에서 검증되었다고 볼 수 있다.

교사 교육과정이 한 걸음 더 나아가, 교사에게 주어진 교육과정 결정자와 개발자의 역할을 보다 적극적으로 사용하기 위한 방법은 무엇일까?
설익지만, 몇 가지 방법을 제안해본다.

❶ 단원별로 구분된 성취기준은 활용하되, 차시별 수업 목표와 내용을 새롭게 구성하기

교과서는 국가에서 제시된 성취기준을 교과서 개발자의 의도를 반영하여 배분하고, 단원을 중심으로 개발한 것이다. 그리고 적절히 차시를 나누고 차시별 수업 목표와 내용을 선정한다. 즉 교과서 단원과 연결된 성취기준 및 차시 목표는 교과서 개발자가 임의로 편성해 둔 것이라 볼 수 있다.
교육과정 결정자로서의 역할을 보다 적극적으로 사용하기 위해, 성취기준과 단원의 차시 배당은 기존 그대로 활용하되, 차시별 수업 목표와 내용 구성을 교과서를 염두에 두지 않고 완전히 새롭게 만들어 가며 활용할 수 있다.

즉, 기존 단원의 성취기준을 보고, 나만의 차시 목표와 내용을 구성할 수 있는 것이다. 이때 필요한 활동지는 개발하거나 교과서를 참고자료로 적절히 활용할 수 있겠다.

이때 중요한 것은, 특정한 한 과목 전체를 이런 방식으로 새롭게 만들어나가 보는 것이다. 우리가 한 두 단원은 이렇게 운영하는 경우가 있지만, 하나의 교과 전체를 성취기준만 보고 수업 목표와 내용을 새롭게 만들어보는 경험은 드물다. 하나의 교과 전체를 교과서 차시 목표와 내용에 얽매이지 않고 자유롭게 설계하고 실천해 보길 권한다.

[교과서에서 벗어나 국어과 1학기 전체를 성취기준에 근거하여
차시별 수업 목표와 내용을 새롭게 구성한 사례]

위 사진의 성취기준과 단원명, 주안점은 그대로 두고, 오른쪽 교과서 차시 내용이 들어간 곳을 비워둔다. 그리고 매주 전학공을 통해 학년 별로 새롭게 내용을 구성하고 적용하는 방식을 적용한다.

❷ 기존 교과서 구성에서 완전히 벗어나 성취기준 선정 및 배치, 차시 목표 · 내용 등을 완전히 새롭게 편성 · 운영하기

[구성 절차(예시)]

구성 절차 ┄┄┄┄┄┄┄┄┄┄┄┄┄┄┄┄┄┄┄┄┄┄┄┄┄┄┄┄┄┄┄┄┄┄┄▶

3학년 사회과에서 지도해야 하는 성취기준 10개 선정	교사의 판단에 따른 성취기준 지도 시기 배당 (학기별 지도할 성취기준 구분 → 월별 성취기준 재배치)	성취기준 배정에 따른 주제, 차시 목표, 내용선정	목표에 따른 주요 활동 설정및 활동지 · 평가지 개발적용

아직은 필자도 직접 실천해보지 못했지만, 교사에게 보다 많은 자율성과 결정권이 허락되고, 학교의 행정업무가 경감되어 온전히 수업에 투자할 수 있는 시간이 허락된다면, 하나의 과목 정도는 이런 방식을 적용해보고 싶다.

즉, 각론에 제시된 성취기준만 보고, 성취기준을 월별로 적절하게 분배한 후, 차시별 수업 목표와 내용까지 새롭게 만들어보는 것이다. 교과서의 단원 구분과 성취기준 배당은 참고자료일 뿐이다. 교사 교육과정의 목표와 중점 활동에 따라 성취기준 지도 시기를 배정하고 수업 내용을 구상한다. 이러한 방식 적용을 위해서는 학년군간 성취기

준 시기 배당도 동시에 이루어져야 하며, 학년(군) 체제를 실제적으로 활용하여 다음해까지 인수·인계되어야 가능한 방법이므로, 교사 간 소통과 협력이 보다 중요해지게 된다. 상당한 전문성과 노력이 필요한 과정이다. 하지만 교육과정 개발자로서의 역할은 유감없이 발휘할 수 있을 것이다.

❸ 우리 반 학생의 특성에 맞게 성취기준의 일부만 선택적으로 수업하기

교육과정 자율화 정책에 따라 교과(군) 시수를 20% 증감할 수 있는 것처럼, 성취기준도 우리 반 학생의 특성을 고려하여 선택적으로 활용할 수 있도록 하면 얼마나 좋을까?

❸ 교사 교육과정의 목표와 중점 교육활동에 따라 성취기준 개발하여 적용하기

굳이 설명을 덧붙일 필요가 없겠다. 교사 교육과정의 목표에 적합한 성취기준을 개발하여, 이에 맞춘 수업을 구성하고 실천한다. 지금은 교사에게 허락되지 않지만, 앞으로 언젠가 그런 날이 오리라 본다.

4부

교사 교육과정,

동료와 함께하다

4부

교사 교육과정,
동료와 함께하다

한 사람이면 패하겠거니와 두 사람이면 맞설 수 있나니

세겹줄은 쉽게 끊어지지 아니하느니라

전도서 4장 12절

홀로 타는 장작은 오래가지 못 한다. 하지만 여럿이 함께 타는 불은 크고 오래간다. 교사의 성장도 마찬가지이다. 혼자 고민하고 연구하는 것은 한계가 있다. 여럿이 함께 고민하고 공유했을 때 연구의 질은 한층 높아진다. 다른 사람의 사소한 의견도 생각을 여는 좋은 불쏘시개가 되기 때문이다. 이처럼 교사의 성장은 학교를 교사들이 공동으로 함께 성장하는 장소로 개혁하는 일에서 비롯된다. 교사 상호 간에 전문가로서 서로 성장하는 '동료성'을 형성하는 일, 즉 학교를 교사들의 '배움 공동체'로 바꾸는 일에서 시작된다. 교사들 간에 동료성을 기반으로 서로 배우고 나눌 때 교사 교육과정은 발전한다.

01

전문적
학습공동체
가감승제

　전문적 학습공동체를 통한 수업 혁신이 교육계의 화두다. 시·도교육청 장학 계획의 중심에는 한결같이 전문적 학습공동체가 자리하고 있다. 지역별로 부르는 명칭은 조금씩 다르지만 본질은 같다. 함께 연구하고 함께 실천하여 수업을 성장시키자는 것이다. 학교에서 교사도 소통과 공감, 협력과 연대의 가치를 실현하자는 움직임이며, 동료와 함께 수업을 성찰할 때 가장 많이 성장한다는 연구 결과를 반영한 정책이기도 하다.

　현장에서는 전문적 학습공동체를 바라보는 부정적인 시각도 존재한다. 교육청 주도로 여건이 갖추어지지 않은 학교에서도 의무적으로 시행하다보니 형식적으로 운영되는 경우도 있다. 더러는 문서만 존재하기도 하고, 한 달에 한 번 모여 이야기하는 것으로 충분하다고 오해하기도 하며 때론 행정 업무 정도로 평가 절하하기도 한다. 이러한 오해와 잘못된 관행들이 전문적 학습공동체의 확산을 어렵게 하고 있다.

전문적 학습공동체는 업무 중심의 학교 체제를 교육과정 중심, 수업 중심의 체제로 바꾸는 원동력이자 미래형 교육과정이 갖추어야 할 필수 조건이다. 따라서 전문적 학습공동체를 바라보는 시선부터 바꿔야 한다. 전문적 학습공동체는 불필요한 행정 업무가 아니며, 단순한 직원 협의회도 아니다. 교육 전문가인 교사들이 모여 수업을 설계하고 공유하며 함께 성장하는 공동체다.

교사는 수업으로 자신의 존재를 세워가고 만족과 보람을 느껴야 한다는 사실에 동의한다면, 수업이 학교 교육활동의 가장 중요한 본질이라 믿는다면, 전문적 학습공동체를 긍정적인 눈으로 바라보자. 그때, 전문적 학습공동체는 마지못해 하는 행정 업무가 아닌 성장의 구심점으로 우리 눈앞에 나타날 것이다.

교사 교육과정을 세우는 전문적 학습공동체의 역할

$$+ \quad - \quad \times \quad \div$$

교사 교육과정 편성·운영 과정에서 전문적 학습공동체의 역할은 필연적이다. 전문적 학습공동체에서 교사 교육과정은 시작되고 성장하며 마무리된다. 교사 개인의 능력이 제아무리 뛰어나다 할지라도 혼자 성장하지 못한다. 곁에 있는 선배교사나 나와 함께 수업을 고민하는 동료와 함께 성장할 수 있다. 혹 철저히 관계로부터 고립되어 나 홀로 내적 발전을 지향하는 교사가 있다면, 매우 위험하다. 철저히 자기중심적인 교육 철학과 방법론에 만족하고 있을 가능성이 다분하기 때문이다. 교사의 교사됨은 교실 문을 열고 수업을 나누며 함께 고민할 때 만들어지는 성장의 결과이다.

이렇게 볼 때, 전문적 학습공동체는 교사를 연결하고 이어주는 공동체이며, 교사 교육과정의 자양분이다. 전문적 학습공동체 안에서 교사 교육과정은 조금씩 만들어지고 세워지지고 성장한다. 전문적 학습공동체의 정의에서도 알 수 있듯이, 함께 연구하고 함께 실천하며 함께 성장하는 과정에서 교사 교육과정도 함께 만들어지고 함께 자란다.

특별히 교내 동학년 또는 학년군 중심의 전문적 학습공동체는 수업·평가 개선과 직접적으로 이어진다. 전문적 학습공동체의 운영 형태는 학교에 따라 서로 다를 수 있지만 전문적 학습공동체라면 반드시 갖추어야 할 필수 조건이 있다. 바로 교실 수업의 실제적인 개선을 목적으로 해야 한다는 것이다. 학교 밖 전문적 학습공동체 역시 밖에서 얻은 에너지와 영감이 해당 교사가 소속된 학교와 교실로 전이되어 수업 변화로 이어져야 한다. 수업의 변화는 곧 교사 교육과정의 변화이다. 따라서 전문적 학습공동체는 교사 교육과정을 작동하게 만드는 윤활유와 같은 역할을 한다.

전문적 학습공동체가 교사 교육과정의 성장과 발전에 기여하는 다양한 역할 중 가장 중요한 기능은 더하고(＋) 곱하는(×) 기능이다. 전문적 학습공동체를 통해 교사 교육과정의 철학, 내용, 방법, 기술, 능력은 더해지고, 적용 효과는 배가된다. 구체적으로 살펴보자.

더하고(＋) 곱하기(×)

> 수업 아이디어 · 평가 문항의 개발 수준
> 수업 설계능력 · 목표 - 내용 - 방법 - 평가를 일체화하는 능력
> 과정중심평가 실행능력 · 수업 개선 의지 · 수업 적용 능력
> 수업을 향한 열정 · 교육과정 문해력 · 피드백 적용
> 아이들의 배움과 성장

전문적 학습공동체는 교사 교육과정을 설계하고 실천하는 교사의 역량을 곱절로 배가시키는 힘이 있다. 일일이 나열하지도 못할 만큼 모든 영역과 요소에 있어서 긍정적인 효과를 미치는 것이 분명하다.

또한 전문적 학습공동체는 교사 교육과정 편성 · 운영 과정에서 약점을 덜고, 부담은 나누어 경감시키는 효과도 있다.

덜어내고(一) 나누기(÷)

> 교육과정에 대한 협소한 시각 · 현장 경험의 부족
>
> 계획과 실천의 통합에 대한 어려움 · 효과적인 내용 구성의 어려움
>
> 생활교육의 어려움 · 관계의 어려움 · 수업설계에 대한 부담
>
> 평가 문항 제작의 어려움 · 교수평 일체화에 대한 걱정
>
> 활동지 제작 시간 부족 · 평가 채점 시 신뢰도와 타당도 문제
>
> 효율적인 기초 학력 지도

전문적 학습공동체를 통해 현장에서 겪는 다양한 어려움은 덜어내고 부담과 걱정은 나눌 수 있다. 학교에서 겪는 문제와 어려움도 전문적 학습공동체에서 동료와 함께 나누고 협력할 때 극복할 수 있다.

전문적 학습공동체가 학교에서 가감승제의 역할을 실제적으로 수행할 때, 교육과정 중심의 학교 문화는 정착될 수 있다. 전문적 학습공동체가 학교 교육력의 본질이자 핵심이라고 생각하는 교사를 중심으로 교육과정 문해력, 수업 전문성, 평가 전문성은 효과적으로 함양될 수 있을 뿐 아니라 교사 교육과정 또한 현장에서 빠르게 확산될 수 있을 것이다.

전문적
학습공동체를
학교 그리고 교사 교육과정의
중심으로

　학급 한해살이는 다사다난하다. 하루에도 무수히 많은 일이 일어난다. 한 학급만 해도 그러할진대, 학교 전체적으로 보면 얼마나 많은 일들이 일어나는지 모른다. 거대한 집단이 무질서하게 움직이는 것 같으면서도 각각의 의미를 추구하며 조화롭게 공존하고 있다.

　학교에서 이루어지는 모든 교육활동의 총합을 학교 교육과정으로 본다면, 학교 교육과정의 중심에는 전문적 학습공동체가 존재해야 한다. 이때의 전문적 학습공동체는 이름뿐인 조직이 아니라 수업과 평가를 연구하는 교사를 중심으로 실제적인 교실 수업의 개선을 이끌어내는 학교의 싱크탱크를 의미한다. 학교 행정업무, 행사, 수업과 평가, 생활지도와 상담, 공간 사용, 급식, 보건 등 학교에서 이루어지는 교육활동과 직간접적으로 연계된 것들은 전문적 학습공동체를 중심으로 움직여야 한다. 학교의 존재 목적은 아이들의 배움과 성장에 있고, 이는 수업을 통해서 이루어진다는 사실을 믿는다면 말이다. 달리 표현하자면, 교사 교육과정을 학교 교육과정의 중심에 두어야 한다.

전문적 학습공동체와 교사 교육과정을 학교 교육과정의 중심에 둔다는 의미는 상징적인 표현이 아니다. 학교에서 이루어지는 의사결정 순간에 실질적인 기준으로 활용하겠다는 의미이다. 수업 중심의 학교, 교육과정 중심의 학교가 되기 위한 필수 조건이다.

다음의 물음에 대한 답을 찾아가는 과정에서 전문적 학습공동체와 교사 교육과정을 학교 교육과정의 중심에 둔다는 것의 의미를 짐작해 볼 수 있다.

- 전문적 학습공동체 시간이 교육과정에 명시되어 있는가?
- 실질적인 운영이 가능하도록 학교 환경과 여건이 조성되어 있는가?
- 교사 교육과정 구성을 위한 충분한 전문적 학습공동체 시간을 확보하였는가?
- 구성원은 전문적 학습공동체의 중요성과 필요성을 인식하고 있는가?
- 전문적 학습공동체를 통해 교실 수업 개선을 체감하는가?
- 예산 편성과 운용의 우선순위에 교사 교육과정이 있는가?
- 전문적 학습공동체에서 결정된 사항을 충분히 존중하는가?
- 교사 교육과정의 설계와 실행을 인정하고 격려하는 문화인가?
- 학교의 학사 일정은 교사 교육과정을 고려하여 결정되었는가?

수업을 동료와 함께 연구하고 고민하기 위해 우리에게 주어진 모든 가용자원을 집중시킬 수 있다면, 그토록 고대하던 학교다운 학교, 교육이 가능한 학교가 성큼 우리 앞에 다가올 것이다. 그 중심에 전문적 학습공동체가 있고, 그 열매로 교사 교육과정이 만들어진다.

학교 교육과정이 전문적 학습공동체를 중심으로 재구조화될 때, 자연스레 업무도 경감되고 교육과정 문해력도 함양되며, 미래 교육과 혁신 교육을 위한 조건이 갖추어지게 된다. 어렵고 복잡하게 생각할 필요가 없다. 단순하다. 학교 교육과정의 중심에 전문적 학습공동체를 위치시키자.

[전문적 학습공동체를 행정 업무로 간주하는 학교에서 나타나는 현상]

- 업무 추진 과정은 세세히 보고받고 구체적으로 점검하길 원하지만 전문적 학습공동체에서 결정된 내용들은 알아서 하거나 말거나 무관심한 학교 문화

- 전문적 학습공동체 시간이 교육과정에 반영되어 있지 않거나 관련 예산이 편성되어있지 않는 경우

- 전문적 학습공동체가 계획대로 운영되지 못한 경우를 자연스럽게 받아들이는 분위기가 일상이 된 경우

- 전문적 학습공동체로 계획된 요일을 고려하지 않은 채 업무 제출 기한이 설정되어 있으며 각종 업무 보고를 마무리하도록 재촉하는 메신저를 보내는 일이 자주 있는 경우

- 전문적 학습공동체가 중요하다고 말하지만 배구 대회 준비로 계획된 전문적 학습공동체 일정을 생략하는 경우

- 전문적 학습공동체에서 결정된 내용을 안전 목적이라는 간편한 이유로 수업에 적용하지 못하게 하는 경우

- 동료 선생님과 교육과정과 수업, 평가에 대해 이야기하는 것은 꺼려하지만 학교 교육활동을 비난하거나 학생, 학부모에 대한 불평을 즐겨하는 학교 문화가 만연한 경우

1. 입이 즐거우면 마음도 즐겁다.

- 번아웃(burn-out)된 몸과 마음을 소통에 적합한 심리적 환경으로 바꾸는데 도움을 준다.
- 교육과정 워크숍 때 제안하고 예산을 확보하자.

2. 습관이 될 수 있도록 시스템을 만들자

- 고정된 날짜를 선정하고 학교 교육과정에 반영하자
- 학교의 다른 행사가 중복되지 않도록 사전에 선점하라
- 월중계획 및 학교 일과에 반영하여 잊어버리지 않고 준비하자

3. 예외를 두지 말자

- 정해진 시간에 함께 모여 밥만 먹더라도 그 시간을 몸이 기억하도록 하자.
- 단 두 명만 학교에 남아있더라도 정해진 시간에 운영하자

4. 불필요한 모든 형식에서 벗어나자

- 별도의 형식을 만들어 결과를 기록하여 스스로의 굴레를 만들지 말자
- 협의 내용은 실천을 위한 보조 자료의 목적으로 자율적으로 기록하자

5. 이왕이면 같은 공간에 모이자

- 서로의 시선을 긍정적으로 활용하여 책무성을 높일 수 있다
- 규모가 큰 학교는 학년 군별로라도 같은 공간에 모여 하는 것이 시너지효과를 낸다

6. 운영의 연속성을 갖자

- 최소 2주 1회, 가급적 주 1회 모일 수 있도록 계획하고 장애물을 제거해 나가자

7. 효용성을 느낄 수 있도록 프로그램을 구성하자

- 전문적 학습공동체에서 협의한 내용은 다음날 수업에 적용하여 효용성을 확인하자.
- 명확한 도착점 행동을 설정하고 운영 목표와 내용을 선정하자. 뜬구름 잡는 이야기보다 교육과정, 수업, 평가에 직접 활용할 수 있는 내용을 중심으로 운영하자.

8. 칭찬하고 격려하자

- 전문적 학습공동체는 학교교육력의 핵심이다. 서로를 격려하고 칭찬하자
- 수많은 학교교육활동 중 가장 중요한 시간임을 모두가 인식하도록 하자.

9. 중간 리더가 중요하다

- 전문적 학습공동체는 전문성과 영향력을 갖춘 교사가 책임지자
- 학교의 중간 리더가 적극적으로 나서서 이끌어가자

10. 마치는 시간은 확실히 지키자

- 계획된 시간을 지키기 위해 철저히 노력하자
- 종료 시간 약속은 전문적 학습공동체를 지속 가능할 수 있게 하는 중요한 요인이다.

[전문적 학습공동체 중심의 학교 교육과정 운영 로드맵]

■ 교육과정 중심의 학교 문화 조성 (11~ 2월)

비전과 신념을 공유하는 교육과정 워크숍	2월 새 학년 맞이 교육과정 재구성 주간
- 전문적 학습공동체 운영 성찰 - 차기 연도 발전적 적용 방안 모색 - 전문적 학습공동체 활성화를 위한 업무 덜어내기	- 교육과정 문해력 함양 　(국가 및 학교 교육과정 이해) - 동학년 중심의 전문적 학습공동체 구축 - 교사 교육과정 수립

■ 교사 교육과정 중심의 학년별 전문적 학습공동체 운영 (3~12월)

수업 →	전문적 학습공동체 →	수업 →	전문적 학습공동체
·배움 중심 수업 ·과정 중심 평가 및 피드백 ·교육과정 재구성 수업 실천	·다음 주 수업 협의 ·다음 주에 적용될 평가 문항 개발 ·지난 주 수업 성찰 및 사례 나눔 ·2월 구성된 교사 교육과정을 활동지 수준으로 구체화	·협의된 수업 적용 ·배움 중심 수업 ·과정 중심평가 및 피드백	·다음 주 수업 협의 ·다음 주에 적용될 평가 문항 개발 ·수업 성찰 및 사례 나눔 ·2월 구성된 교사 교육과정을 활동지 수준으로 구체화

※ 준비물 : 교사 교육과정 바인더, 교과서, 기타 도움 자료

 선순환 체제 - 완성도 높은 수업에서 오는 만족과 보람

■ 전문적 학습공동체 실천 사례 나눔 (7~12월)

7월 말 (1학기)	12월 말(2학기)
- 전 교원이 함께 모여 교사 교육과정 실천 사례 나눔 - 교육과정 재구성 - 수업 - 평가 - 기록의 일체화 관점에서 발표 - 학년별 전문적 학습공동체가 전 교원의 전문적 학습공동체로 확장되는 경험 - 학년별 성취기준의 종적 계열성 확인, 교사의 교육과정 문해력 확장 - 수업 중심의 나눔과 격려로 서로를 세워주는 긍정적 문화 조성	

03

교사 교육과정을
세우는
전문적 학습공동체의
실제

교사 교육과정의 목표, 내용, 방법, 평가는 학기 초에 기본적인 윤곽이 결정된다. 하지만 거기서 끝이 아니다. 만들어가는 교사 교육과정을 위해 전문적 학습공동체에서 지속적으로 수정·발전해 가야 한다.

우리 반 아이들의 성장과 발달에 따라 교육 목표가 수정되거나 추가될 수 있다. 지금·여기·우리의 내용을 성취기준에 반영하여 수업을 새롭게 구성하거나, 교실의 환경과 여건에 따라 연간시간표를 탄력적으로 재편할 수도 있다. 학기 초 수립된 교사 교육과정은 전문적 학습공동체에서 유연하게 수정·발전하는 속성을 갖는다.

기존 계획을 새롭게 업그레이드하는 과정은 생각보다 간단하지 않다. 그렇기 때문에 동학년 전문적 학습공동체와 함께해야 한다. 수업 아이디어를 공유하고 함께 기획하며 부담은 나누고 성과는 더한다. 전문적 학습공동체를 통해 교사 교육과정은 점차 완성도를 높여가게

되는 것이다.

그렇다면, 전문적 학습공동체를 통해 교사 교육과정은 어떻게 수정되고 발전하는지 구체적인 사례를 알아보자.

1. 세밀한 수업 설계와 기록

- 동학년 교사와 함께 구체적인 수업 설계
- 발문 정선, 세부 활동 결정, 활동지 및 평가지 개발, 수업 기법, 자연스러운 수업 흐름 등 결정
- 함께 연구하고 성찰한 내용은 자유롭게 기록

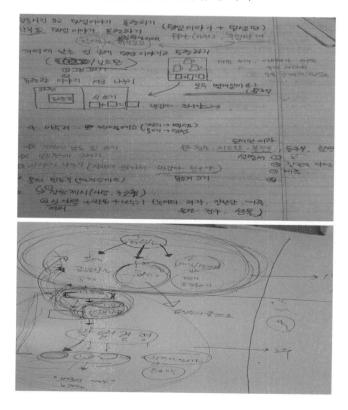

2. 단원 내, 단원 간, 주제 중심 내용 구성 수정·발전

- 아이들의 흥미와 생각, 발달단계, 교육여건 등을 반영하여 재설계

- 수업 흐름, 세부 활동 등 활동지 수준의 구체화 방안 모색

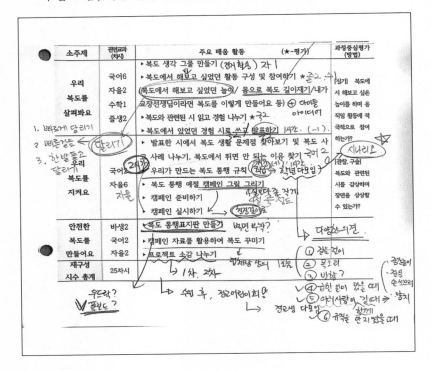

3. 수업 플래너(연간시간표)의 수정·발전

- 학습 속도, 학급 여건, 환경에 따라 탄력적인 시간표 조정

- 평가 시기, 주제 중심 수업 적용 시기 등 교사별 유연한 수업 시간

  표 관리

4교시	1교시	2교시	3교시	4교시	5교시	1교시	2교시	3교시	4교시	5교시	1교시	2교시	3교시	4교시	5교시
	봉사	자율	자율	자율	자율	자율	자율	자율	자율	자율	자율	자율	자율	자율	자율
슬	수	즐	국	바	슬	국	수	안전	즐	바	진로	진로	진로	진로	수
슬	수	즐	국	바	슬	자율	자율	안전	즐	바	즐	슬	슬	슬	수
슬	수★	즐	국	바	슬	국	수	안전	즐	바	자율	즐	슬	국	수★
슬	수	즐	국	바	슬	국	수	안전	즐	바	즐	슬	슬	국★	수
자율	수	국		국	국	국	국		자율	자율	자율	자율	자율	자율	자율
국	수★	즐	국	바	슬	국	안전		즐	바	즐	슬	슬	국	수★
슬★	수	자율	자율	국	슬	국				바	즐	슬	슬	국	수
	수	즐	국	바	슬	국	안전	즐	바★	즐	슬★	슬	국	수
슬	수	즐	국	바	슬	국	수	안전	즐	바	즐	슬	슬	국	수★
슬	수	즐	국	바	슬	국	수	안전	즐	바	즐	슬	슬	국	수
슬	수	즐	국	바★	슬	국	수	안전	즐	바	자율	즐	슬	국	수

4. 교과별 배움중심수업계획(진도표)의 수정 · 발전

- 교과별 배움중심수업계획(진도표)에 수업 설계 및 성찰 내용 기록

- 학기 단위 교과별 전체적인 수업 계획에 대한 기록

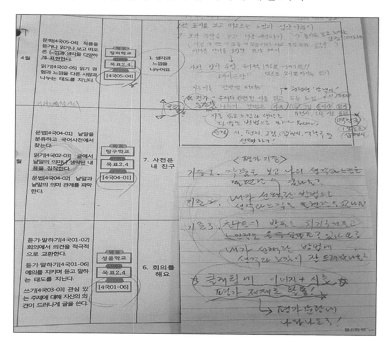

5. 평가 문항과 활동지 공동 개발

- 과정중심평가 문항지와 활동지의 공동 개발

- 평가지와 문항지 개발 과정에서 평가 전문성 함양

- 수업 중 평가와 피드백이 이루어질 수 있도록 문항의 내용과 방법

  구성

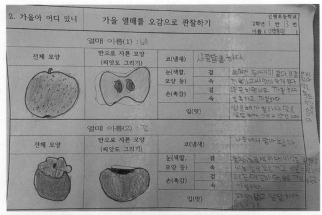

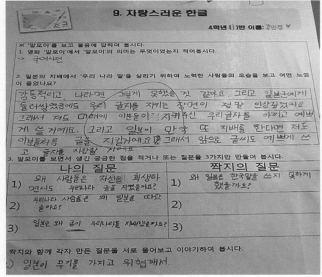

6. 수업 후 성찰과 나눔

- 함께 설계한 수업과 평가 내용을 실천한 후 반성적 나눔

- 수업 고민을 나누고 서로를 격려하는 시간

04

먼 길을
함께하는
든든한
동반자

　홀로 타는 장작은 오래 가지 못 한다. 하지만 여럿이 함께 타는 불은
크고 오래간다. 교사의 성장도 마찬가지이다. 혼자 고민하고 연구하
는 것은 한계가 있다. 여럿이 함께 고민하고 공유했을 때 연구의 질은
한층 높아진다. 다른 사람의 사소한 의견도 생각을 여는 좋은 불쏘시
개가 되기 때문이다.

　이처럼 교사의 성장은 학교를 교사들이 공동으로 함께 성장하는 장
소로 개혁하는 일에서 비롯된다. 교사 상호 간에 전문가로서 서로 성
장하는 '동료성'을 형성하는 일, 즉 학교를 교사들의 '배움 공동
체'로 바꾸는 일에서 성장은 시작된다. 교사들 간에 동료성을 기반
으로 서로 배우고 나눌 때 함께 성장하게 되고, 나아가 전문가로서 수
업을 반성하는 일 또한 가능해진다.

　이 시대의 교사는 가르치는 전문가에 머무르지 말고 배우는 전문가

로 나아가야 한다. 잘 가르치기 위해서는 잘 배워야 한다. 다만 교사의 배움은 단순히 새로운 교수 기법을 익히는 것에 그치지 않는다. 끊임 없이 변화하는 시대와 발 맞춰 나가기 위해서 새로운 교수 기법과 내용을 배워나가는 것도 물론 중요하다. 하지만 교사의 배움은 거기에 만족하지 않고 수업 성찰로 이어져야 한다.

　의사, 변호사로 대표되는 전문가들은 고도의 지식과 기술을 현실에 적용하는 능력으로 전문성을 인정받아 왔다. 그러나 교사의 전문성은 단지 지식과 기술만으로 설명할 수 없는 측면이 크다. 아이들의 학습과 감정을 다루는 일은 복잡하고 불확실한 것들로 가득 차 있기 때문이다. 같은 내용을 같은 방식으로 가르쳐도 교사마다, 학생마다 결과가 다르고 반응이 다르다. 동일한 방식으로 피드백을 주어도 받아들이는 학생의 감정선은 제 각각이다. 따라서 교사에게는 두 가지 전문성이 요구된다. 첫 번째는 지식과 기술이고, 두 번째는 끊임없는 성찰이다.

　'활동 과정에 대한 성찰'은 문제 상황과의 대화를 통해서 문제를 성찰하고 그 성찰을 반성해가면서 그 문제의 배후에 있는 더 큰 문제를 향해 나아가는 실천적 탐구를 의미한다. 매사추세츠 철학 교수인 도널드 숀은 이를 '반성적 실천(Reflective practice)'이라 부르며 현대의 전문가는 이제 '기술자'가 아니라 '반성적 실천가'가 되어야 한다고 주장한다.

쉽게 말해 교사는 주어진 수업 상황을 끊임없이 되돌아보면 그 속에 내재된 문제들과 마주쳐야 한다. 학생마다 반응이 달랐던 이유도, 학생들의 감정이 상이했던 이유도 질문에 질문을 이어가며 되돌아보는 과정을 되풀이해야 한다. 보고 또 봐야 한다. 그래야 이유를 알 수 있고, 이해의 폭을 넓힐 수 있다. 하지만 이러한 성찰 과정은 혼자 힘으로 감당하기엔 버거운 일이다. 그래서 공동체가 필요하다. 전문적 학습공동체를 '활동 과정에 대한 성찰'을 위한 반성적 실천가들의 모임으로 부르는 이유이다.(행복한 교육, 2013)

많은 교사들이 가르치는 전문가에 만족하려 한다. 하지만 이제는 가르치는 전문가에서 배우는 전문가로 변화할 때이다.
나만의 교사 교육과정을 꿈꾸는 교사들에게 전문적 학습공동체는 긴 길을 함께 걸어가는 좋은 친구가 되어 줄 것이다.
(학교 교육과정을 DIY하라 중 수정·편집)

5부

교사 교육과정,

통합하고 실천하다

5부

교사 교육과정,
통합하고 실천하다

앎과 삶, 계획과 실천, 목표와 내용, 수업과 평가의 통합

수업 속에서 앎과 삶, 계획과 실천, 목표와 내용, 수업과 평가는 자연
스럽게 통합된다. 이러한 통합은 수업을 매개로 촉진되고 수업 속에
서 완성된다. 수업 속에서의 통합이 이루어 질 때, 비로소 아이들의 삶
을 변화시키는 힘이 생긴다. 아이들의 변화는 자연스럽게 교사의 성
장으로 이어진다.

수업에서 이루어지는 통합과 실천은 교사 교육과정의 핵심이자 본
질이다. 교사 교육과정은 수업에 뿌리내리고 있을 때 성장하고 발전
할 수 있다.

01

숲과
나무를
함께 보는
수업

"얘들아, 오늘은 미세먼지가 심해서 밖에 나가지 말라고 했잖아!"

아침에 발령된 미세먼지 주의보 교육은 2학년 아이들에게 별로 효과가 없었다. A선생님은 평소 학교에서 이루어지는 안전 교육에 대해 회의적이다. 2015 개정 교육과정이 적용되면서 1~2학년군 주당 수업시수가 한 시간 증배되었고, 준비과정 없이 그렇게 안전한 생활 교과서와 함께 당연히 해야 할 수업이 되었기 때문이다. 관련 연수를 몇 번 듣기는 했지만, 교실에서 적용하기는 어려웠다. 수업은 했지만, 아이들의 실천으로 나타나지 않았다.

수업 교구나 참고 자료도 턱없이 부족했고, 안전한 생활 교과서로는 실천적이고 내면화된 안전 의식과 실천 의지를 기르기에는 문제가 많다는 생각이 들었다. 정기적으로 실시하는 대피 훈련도 형식적이란 느낌을 지울 수 없었다.

'교과서로 배우는 안전 교육이나 이벤트처럼 치르는 대피 훈련이 아이들의 안전을 지켜줄 수 있을까?'

　2학년 담임을 하며 들었던 안전 교육에 대한 문제의식은 올 해 교사 교육과정의 목표와 중점 교육 활동으로 이어졌다.

내실 있는 안전 교육을 교사 교육과정의 목표로 삼고, 선행연구와 실천 사례를 찾아 공부하기 시작했다.

▣ 숲을 보는 안목 ▣

　A교사는 연구를 통해 안전 교육은 안전지식과 행동 방법의 이해 (인지), 안전 실천 의지와 태도(정의), 안전한 생활의 실천(심동) 영역의 통합적인 접근법이 효과적이라는 것과 안전 교육의 최종 목표는 내면화와 습관화에 있다는 사실을 알게 되었다. A교사는 인지 · 정의 · 심동적 영역의 통합적 접근법을 안전 교육에 적용하기로 결정하고 주제 중심의 S.O.S 프로젝트의 방향을 결정하였다.

[A교사의 통합적인 S.O.S 프로젝트 구성 방향]

구분	의미	영역	학습유형	목적	SOS 프로젝트 구성 방향
S	See 보다 Smell 감지하다 liSten 듣다	인지	이해 판단형	인식화 안전지식의 습득	안전 지식의 습득, 안전한 행동 방법의 이해, 위험한 상황의 분석과 판단 능력을 신장할 수 있도록 경험과 사례 중심 구성
O	Open mind 마음을 열다 Open mouth 토의토론하다	정의	토의 토론형	내면화 안전행동 방법 탐구	토의 토론을 통해 실생활 속 장면에서 안전한 해결 방법을 도출하거나 상황에 적합한 행동 요령을 탐구 할 수 있는 문제 중심 구성
S	Solve the problem 문제를 해결하다	심동	체험 실습형	습관화 안전행동 방법 체득	구체적인 상황에서 안전 지식과 행동 방법을 적용할 수 있도록 체험과 실습, 실천 중심의 내용 구성

이후, 2학년 안전한 생활 성취기준을 분석하였더니 7대 안전교육 영역 중 생활, 교통, 신변, 재난 영역만 다루고 있다는 사실을 알게 되었으며 안전과 관련된 성취기준을 추출하여 분석하였다. 그리고 안전한 생활 교과서의 문제점을 찾아, 이를 보완하는 방향의 프로젝트를 설계하였다. A교사가 발견한 안전한 생활 교과서의 문제점은 다음과 같다.

〈A교사가 발견한 안전한 생활 교과서의 문제점〉

· 안전한 생활 교과서는 경험을 통해 배우는 초등학교 저학년의 발달적인 특성을 반영하지 못하는 한계점이 있다. 봄에는 황사·미세먼지와 관련된 재난 안전교육을 하는 것이 효과적이며, 현장체험학습을 가기 전 교통안전 교육이나 미아와 유괴예방 교육이 실효성을 높이는 것처럼 말이다.
· 아이들이 학교 생활에서 실제적으로 직면하는 안전위험요소 (각반 교실, 학교 운동장, 복도 등)와 관련된 내용이 없다.
· 최근 중요성이 강조되고 있는 황사, 지진, 화재 등 재난과 관련된 교육 내용의 비중과 차시 배당이 적다.

A교사는 안전한 생활 성취기준, 교과서 비판적 분석 내용, 관련 실천 사례 등을 종합하여 동학년 전문적 학습공동체를 통해 1학기 S.O.S 프로젝트를 설계하였다. 설계 과정에서 바른생활 교과 성취기준과 안전한 생활 성취기준이 상당 부분 중복되어 있다는 사실을 확인할 수 있

었다. 그래서 바른생활 성취기준 중 안전한 생활 성취기준과 연계된 성취기준을 추출하여 안전한 생활과 바른생활을 통합하여 주제 중심의 프로젝트를 구성하였다.

〈통합적인 S.O.S 프로젝트 구성 방향〉

· 주제별 S.O.S의 과정에 맞게 활동 내용을 재구성하여 인지, 정의, 행동의 통합적인 관점에서 수업이 이루어질 수 있도록 구성

· 체험과 참여 중심의 수업 비율을 높여 안전 행동의 내면화와 습관화가 이루어지도록 구성

· 2학년의 발달단계를 고려하여 생활 경험과 사례에 기반한 프로젝트의 내용과 방법을 선정

· 계절적 특성을 반영한 생활 밀착형 안전 교육 내용 선정

계절	계절적 특성을 반영한 안전교육 주제	계절	계절적 특성을 반영한 안전교육 주제
봄	황사 · 미세먼지 신학기(3월) 학교생활 및 교통안전	가을	가을 현장학습 연계 미아, 유괴 예방
여름	폭염, 태풍, 물놀이	겨울	폭설, 한파, 화재

· 최근 문제의 심각성이 부각되고 있는 미세먼지, 화재 등 재난 안전 내용 보안

· 교육과정 문해력을 바탕으로 교육과정 재구성 - 수업 - 평가가 유기적으로 연계될 수 있도록 프로젝트 구성

〈A교사의 통합적인 S.O.S 프로젝트 구성 방향〉

성취기준	계절	주제	소주제	차시 배움 주제 (과정 평가-★)		차시	안전 영역
[2안01-01] 교실과 특별실에서 활동할 때 질서를 지켜 안전하게 생활한다. [2안01-03] 운동장이나 놀이터에서의 위험 요인을 알고 안전하게 놀이한다. [2안02-01] 신호등과 교통 표지판을 알고 바르게 길을 건넌다.	봄	안전한 습관이 최고야!	안전한 습관이 최고야!	주제 탐색하기		1	생활 안전
				S	교실에서 일어날 수 있는 안전사고를 알아볼까요?	1	
				O	학교에서 일어날 수 있는 안전사고를 알아볼까요?	1	
				S	학교와 교실에서 안전한 생활습관을 길러요	1	
			안전한 운동장	S	놀이터에서 안전하게 놀아요	1	
				O	우리 학교 놀이기구의 안전 수칙을 만들어요	2	
				S	놀이터에서 안전 규칙을 지키며 놀아요 ★	1	
			안전한 등굣길	S	길을 걸어가다 사고가 나는 이유는 무엇일까요?	1	교통 안전
				S	안전하게 등교해요	1	
				O	길을 안전하게 건너는 방법은 무엇일까요?	1	
				S	길을 건널 때 안전한 행동을 실천해요	1	
				주제 마무리하기		1	
[2안04-03] 황사, 미세먼지 상황 발생 시 대처 방법을 적용한다. [2바02-01] 봄철 날씨 변화를 알고 건강 수칙을 스스로 지키는 습관을 기른다.		맑아도 맑은게 아니야!	미세먼지 · 황사	주제 탐색하기		1	재난 안전
				S	미세먼지 · 황사에 대해 알아볼까요?	1	
				O	미세먼지황사로부터 어떻게 몸을 보호할까요?★	2	
				S	미세먼지 · 황사가 있는 날 안전 규칙을 지켜요	1	
			날씨에 어울리는 옷차림	S	봄 날씨의 특징을 알아봐요1,2	1	생활 안전
				O	봄에는 어떤 옷이 어울릴까요?	1	
				S	우리 반 봄맞이 패션쇼를 열어요	1	
				주제 마무리하기		1	
[2안04-04] 계절에 따른 자연 재난 발생 시의 행동 요령을 익혀 생활화한다. [2바04-02] 여름 생활을 건강하고 안전하게 할 수 있도록 계획을 세워 실천한다.	여름	안전한 여름을 부탁해!	폭염	주제 탐색하기		1	재난 안전
				S	더위가 심한 날에는 무엇이 위험할까요?	1	
					더위가 심한 날 우리 몸을 지켜요	1	
				O	더위가 심한 날 어떻게 행동해야 할까요?	1	
				S	폭염으로부터 우리 몸을 지키기 위한 방법을 실천해요	1	
			홍수 · 태풍	S	비가 많이 오면 어떻게 될까요?	1	재난 안전
					태풍이 많이 올 때의 안전한 행동을 알아볼까요?	1	
				O	태풍으로부터 우리 몸을 지키는 방법을 찾아봐요	1	
				S	태풍이 와도 안전한 우리 집	1	
			물놀이	S	물놀이에서 일어날 수 있는 안전사고는 무엇이 있을까요?	1	생활 안전
				O	물놀이 안전사고 예방 수칙을 만들어요 ★	1	
				S	물놀이 안전수칙을 몸으로 익혀요	1	
				주제 마무리하기		1	
					계	35차시	

구분	성취기준	평가주제	평가 유형	평가 방법	시기
★	[2안01-03] 운동장이나 놀이터에서의 위험 요인을 알고 안전하게 놀이한다.	운동장과 놀이터에서 안전하게 놀이하기	수행	체크 리스트	3월 3주
★	[2안04-03] 황사, 미세먼지 상황 발생 시 대처 방법을 적용한다.	봄철 건강을 지키기 위한 방법 찾기	수행	토의 관찰	4월 2주
★	[2바04-02] 여름 생활을 건강하고 안전하게 할 수 있도록 계획을 세워 실천한다.	물놀이 안전사고 예방 수칙 만들기	수행	관찰 토의	7월 1주

▣ 나무를 보는 안목 ▣

A교사의 1학기 S.O.S 프로젝트는 3개의 주제와 각 주제별 2~3개의 소주제로 되어 있다. 소주제는 인지·정의·심동의 통합적 접근 방법에 따라 차시별 내용을 구성하였다. A교사는 S.O.S 영역에 따라 각 차시별 세부 수업 방법을 어떻게 할 것인가에 대해 고민하기 시작했다.

안전 영상을 보고 워크북에 알게 된 점 쓰기   안전 관련 영상 시청하기

안전 지식과 행동 요령을 가르치는 수업에서도 교사 주도의 일방적인 수업 방법보다 아이들이 상황에 적절한 지식을 스스로 탐구해갈 수 있도록 하는 수업 방법을 선택하였다. 교실에서 다쳤던 경험을 나누면서 안전의 중요성을 인식하도록 하고, 특정한 상황에서 올바른 행동 방법을 이야기해보았다. 때론 안전과 관련된 영상을 보며 안전

관련 지식을 워크북에 정리하거나 안전과 관련된 동화를 읽고 알게 된 점을 친구와 이야기하는 수업도 실시하였다. 아이들의 실제 경험을 적극 활용하고, 기존에 보급된 안전 관련 만화 영상이나 그림 중심의 활동지를 활용하여 수업하였다.

아이들 스스로 안전 행동 요령을 탐구하고 안전 의식과 태도를 함양하기 위해 토의 · 토론 방법을 활용하였다. 특정한 위험 상황에서 대처 방법이나 질문을 만들어 이야기하는 과정에서 자연스럽게 안전 의식을 갖추게 되고 스스로 안전 행동 요령을 탐구할 수 있는 방법을 적용하였다. 토의 토론 방법은 2학년 아이들도 비교적 쉽게 적용할 수 있는 돌아가며 말하기와 간단한 질문을 만들어 이야기 나누는 하브루타 방법, 창문 열기 토의 등을 적용하였다.

예를 들어, 낯선 사람이 접근해 올 때의 행동 요령에 대해 모둠에서 토의하여 3단계로 정리하기, 토의를 통해 해수욕장 안전 수칙 만들기, 태풍과 관련된 영상을 보고 3가지 질문을 만들고 친구들과 대화하기, 폭염주의보가 발령된 날 민수가 안전하게 해수욕장에 다녀오기 위한 방법 탐색하기, 우리 학교 놀이기구 안전 수칙 만들기 등이 있다.

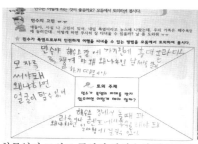

창문열기 토의로 폭염시 안전수칙 탐구하기

우리 학교 놀이기구 안전 수칙 만들기

안전 교육에서 무엇보다 중요한 것은 실천이다. 내면화와 습관화가 가장 중요하다. 안전한 행동의 내면화와 습관화를 위해 제한적인 안전체험학습 시설의 한계를 극복하고 어떻게 하면 교실에서 안전 행동이 습관화될 수 있는 수업을 할 수 있을지 고민하였다.

안전 지식과 행동 요령 탐구를 마친 후, 주제와 관련된 실천 체크리스트를 준비하여 한 주간 동안 꾸준히 실천하고 기록하여 습관이 될 수 있도록 하였다.

또한 행동 요령을 몸으로 익히기 위해 역할놀이를 통해 행동화될 수 있도록 수업을 구성하였다. 특정한 위기 상황에 적절하게 역할놀이 대본을 작성하고 모둠에서 연습한 후, 발표하며 머리로만 아

역할놀이를 통해 몸으로 익히기

는 지식에서 몸이 기억할 수 있는 습관이 될 수 있도록 수업을 실천하였다.

3월 '안전한 습관이 최고야!' 프로젝트 후, 교실에서 심하게 뛰어다니는 아이들이 현저히 줄어들었음을 관찰할 수 있었다. 주변 친구들이 뛰어다닐 때, 이**, 최** 학생은 안전 지킴이가 되어 뛰지 말라고 말하는 모습도 종종 보였다. 그리고 안전 실천 기록장을 꾸준히 작성하는 학생들의 수가 지속적으로 증가하였다. 생활 속에서 작고 사소한 것들이지만 배운 내용을 실천하고 적용하는 모습이 대견하였다.

모둠 토의를 통해 물놀이 안전 수칙을 만드는 수업의 과정에서 학생들이 아주 구체적이고 자세히 위험 요소를 분석하고 대처 방법을 제시하는 모습을 통해 실천적 안전 역량이 함양되었음을 확인할 수 있었다. 평소 당연히 여겨졌던 것들도 새로운 관점에서 이해하고 적용하는 안전 감수성이 함양되는 모습이 인상적이었다.

▣ 숲과 나무를 함께 보는 안목 ▣

지금까지 A교사의 수업 사례를 살펴보았다. 숲을 본다는 의미는 교육과정 문해력을 바탕으로 성취기준 중심, 주제 중심의 수업을 설계한다는 뜻이다. 교사 교육과정의 목표와 의도에 적합하게 일관성과 체계성을 갖춘 의도적인 수업 계획을 의미한다.

나무를 본다는 것은 단위 수업에서 학습 목표와 주제를 어떻게 도달할 것인가 하는 문제이다. 이는 학습자와의 관계, 동기유발, 활동, 수업 방법, 기법, 활동지, 발문, 피드백 등 수업 장면에서 결정되는 수많은 요소들의 상호작용에 의해 결정된다.

　노련한 교사는 숲과 나무를 함께 보는 안목, 이 둘을 유기적으로 연결시키고 서로의 영향을 바르게 이해하고 있는 교사이다. 이러한 안목은 교사 교육과정 편성과 운영에 있어서 꼭 필요한 역량이며 지속적으로 함양되어야 할 것이다. 성공적인 단위 수업이 모여 한 해 학급살이의 완성도를 결정한다. 때론 부분이 전체의 합 이상으로 가치 있는 역할을 담당하고 있다. 또한 낱낱이 분절된 단위 수업은 교사 교육과정의 범위 안에서 설계되고 같은 방향으로 연결되어 반복성과 지속성을 갖출 때 아이들의 앎과 삶에 스며들 수 있다. 숲과 나무를 함께 보는 안목을 길러가야 하는 이유는 바로 여기에 있다.

02

미래
역량을
함양하는
수업

  B선생님은 평소 역량 중심 수업에 관심이 많았다. 4차 산업 혁명의 여파가 교육에도 몰아쳤기 때문이다. S/W, 빅데이터, AI를 교육에도 접목하고자 하는 다양한 시도들이 계속되는 가운데, 진정 미래 역량을 길러주는 수업은 무엇인지 고민하고 연구하게 되었다.

  2015 개정 교육과정에서 제시된 6대 핵심역량이 교실에서는 어떻게 실현되는지가 막연했다. 가만히 생각해보면, 지금까지 했던 것처럼 교육해도 6가지 역량은 모두 길러진다는 생각도 들었다. 핵심역량을 길러주는 수업이란 무엇일까? 단순히 첨단 기술을 수업의 도구로 활용하거나 직접 그 내용을 접하게 하는 것일까?, 바른 인성과 기초 기본교육이 목적인 초등학교 아이들에게 적절한가? 해결되지 않는 다양한 물음이 떠올랐다.

핵심역량과 교실 수업과의 관련성을 고민하던 중, 한 연수에서 해답을 찾을 수 있었다. 핵심역량은 교과 역량으로, 교과 역량은 성취기준의 기능으로 구체화되어 교실 수업에 적용된다는 사실을 알게 된 것이다.

[핵심 역량에서 수업까지 연결 고리]

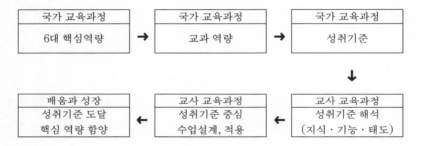

역량은 단순히 접근하자면 '~을 할 수 있는 힘'을 의미한다. 지식, 기능, 태도의 종합이며, 특정한 문제 상황에서 지식과 태도를 활용하여 문제를 해결하는(즉, 기능을 활용하는) 것을 의미한다.

핵심역량이 수업으로 연결되기 위한 중간 단계는 성취기준이다. 성취기준의 구성요소인 지식, 기능, 태도를 수업에서 다룰 때, 핵심역량은 수업 상황에서 함양된다. 그 중 특별히 강조를 두어야 하는 것은 바로 '기능'이다. 왜냐하면 특정한 상황에서 기능을 중심으로 지식과 태도가 통합되기 때문이다. '아는 것'을 넘어 '아는 것을 바탕으로 실제 문제를 해결하는 능력'이 기능이며 역량인 것이다.

B선생님은 교육과정 문해력을 바탕으로 성취기준을 바르게 해석하고 수업 설계와 실천에 연결시킬 수 있다면 이는 곧 핵심역량을 함양하는 수업이라 정의할 수 있다는 사실을 깨닫게 되었다. 한편으론 의문이 들기도 했다. 개별 성취기준이 갖는 기능의 합이 교과역량과 핵심역량을 길러준다 할 수 있을까? 전체는 늘 부분의 합으로 수렴하는가? 여러 가지 물음이 들기도 하였지만, 국가 교육과정이 제안한 핵심역량, 성취기준, 기능의 관계를 토대로 역량을 함양하는 수업에 대한 관점을 갖기로 하였다.

이제는 성취기준이 달라 보였다. 전에는 그저 상징적인 문구로, 수업의 자율성을 제한하고 번거로운 지침들로 인식되던 성취기준이 미래 역량을 함양할 수 있는 수업의 기준점이자 나침반으로 보이기 시작했다.

성취기준과 교과서 내용을 새롭게 읽기 시작했다. 그리고 성취기준, 특히 기능을 중심으로 수업을 어떻게 구성할지 고민하기 시작했다. 성취기준(기능) 중심의 수업은 곧 역량을 함양하는 수업이기 때문이다.

3학년 사회과는 우리 고장에 대해 배운다. 환경확대법이 탄력적으로 적용되기는 하지만, 기본적으로 우리 고장에 대한 학습이 대부분을 차지하고 있다. 그리고 지역교육청에서 지원한 우리 고장 체험학습과 관련한 목적사업비를 집행해야 해서 이 부분을 어떻게 수업으로 풀지 고민하다가 다음과 같은 성취기준이 눈에 들어왔다.

[3학년 1학기 성취기준]

[4사01-04] 고장에 전해 내려오는 대표적인 <u>문화유산을 살펴보고</u> 고장에 대한 자긍심을 기른다.

[4사01-03] 고장과 관련된 옛이야기를 통하여 고장의 역사적인 유래와 특징을 <u>설명한다.</u>

[4국02-02] 글의 유형을 고려하여 대강의 내용을 <u>간추린다.</u>

위 성취기준은 2. 우리가 알아보는 고장 이야기(사회)와 5. 중요한 내용을 적어요(국어) 단원으로 구체화되어 있었다.

B 선생님은 처음에는 같은 기능을 가진 성취기준을 묶어 수업 내용을 구성하려고 하였다. 하지만 성취기준을 분석하는 도중, 새로운 아이디어가 떠올랐다.

성취기준의 기능을 연계하여 보다 자연스러운 흐름의 수업이 가능하다는 사실을 발견한 것이다.

〈성취기준 '기능'의 연결을 통한 역량 함양〉

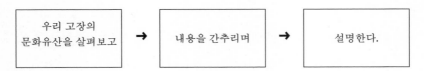

성취기준 기능을 연결하는 방법으로 수업을 기획하고 실천하기로 하였다. 수업 구성의 형태는 서로 다른 두 교과 단원을 시기적으로 조정하는 단원 간 내용 구성 방법을 적용하였다.

[B 선생님의 의도를 반영한 역량 중심 단원 간 수업 구성]

국어 5.중요한 내용을 적어요		사회 2.우리가 알아보는 고장 이야기	
차시	배움 주제 (평가★)	차시	배움 주제 (평가★)
1	메모 했던 경험 나누기, 단원 학습 계획하기	1	·단원 학습 내용 예상하기
2	내용을 간추리며 이야기 듣는 방법 알기	2	·고장의 옛이야기가 중요한 까닭 알아보기
3-4	글을 읽고 내용 간추리는 방법 알기	3	·옛이야기에 담겨 있는 통영의 모습 알아보기
5	우리 고장과 관련된 글을 읽고 내용 간추리기	4	·통영의 옛이야기를 조사하는 계획 세우기
6	통영 문화유산을 답사하며 듣고 읽은 내용 간추리기★ (문화해설사와 함께하는 세병관 견학)	5-6	·우리 고장의 옛이야기 조사하기★ ·우리고장 통영 지역화 교과서 활용(부록)
7		7	·우리 고장의 옛이야기 조사 내용 발표하기
8		8	·우리 고장의 옛이야기를 다양한 방법으로 소개하기
9-10	문화유산을 답사하며 간추린 내용 소개하기	9	·우리 고장의 문화유산이 소중한 까닭 알아보기
		10	·통영의 문화유산을 조사하는 다양한 방법 알기
		11	·통영의 문화유산을 조사하는 계획 세우기
		12-14	·통영의 문화유산 답사하기(세병관 견학)
		15	·답사보고서 작성하기 *우리고장 통영 지역화 교과서 활용 (활동지)
		16-18	·다양한 방법으로 소개 자료 만들기 *예: 문화 해설사 되어보기, 신문 만들기 등
		19	·문화유산 소개하기를 통해 우리 고장에 대한 자긍심 기르기
		20	·문화유산 소개 계획서 전시하기

역량을 중심으로 위 수업을 다음과 같이 간단히 정리해볼 수 있다.

우리 고장에 있는 문화 유산인 세병관을 살펴보고	→	문화해설사의 설명과 각종 안내자료의 내용을 간추리며	→	간추린 내용을 친구들에게 설명한다.

우리 고장의 이야기를 간추릴 수 있도록 활동지를 제작하여 활용하였고, 세병관 답사 활동 워크북도 만들었다. 답사 활동 후 간추린 내용을 바탕으로 친구들에게 설명할 수 있는 요약자료도 제작하였으며, 친구들에게 간추린 내용을 설명하며 배운 내용을 실제적인 상황에 맞게 직접 활용할 수 있는 기회도 가졌다.

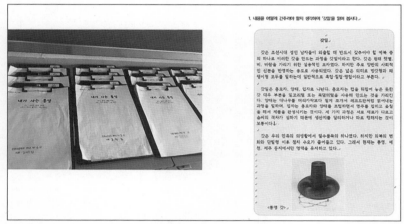

우리 고장의 이야기를 간추리기 위한 활동지

수업의 전 과정에서 아이들은 교과 지식의 바탕 위에 살펴보고, 간추리며, 설명하는 역량을 함양할 수 있었다. 또한 스스로 수행하고 실천하는 과정에서 자기주도적 방법을 익히고 우리 고장의 문화유산에 대한 자긍심도 길렀다. 기초 지식, 내용과 방법, 체험과 탐구, 학습자의 자발성과 주도성이 조화를 이루어 아이들은 수업에 몰입하고 탐구하며 배움의 즐거움을 느끼는 가운데 미래 역량을 함양할 수 있었다.

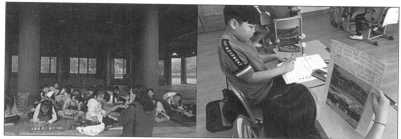

문화해설사의 설명 내용 간추리기   간추린 내용을 보고 답사 보고서 만들기

설명할 내용 연습하기   친구들 앞에서 설명하기

03

평가와
피드백이
함께하는
수업

    C선생님은 평가를 수업의 과정에서 이루어지는 배움의 또 다른 형태이며, 성장을 돕는 효과적인 도구라 생각했다. 어떻게 하면 평가 본연의 목적을 수업에서 이룰 수 있을까 고민이 많았다. 과정중심평가를 실천하다보면 가장 큰 걸림돌로 느껴지는 것은 바로 '시간'이었다. 시간이 부족했다. 수업 중에 수업 내용을 충분히 다루기도 부족한데, 이해 정도를 수업 중에 평가하고, 피드백까지 제공하려니 늘 시간이 부족했던 것이다. 충분한 시간만 있다면 수업 중 평가하는 것도 불가능한 일이 아니라 여겼다.

    평가에 대한 선생님의 관점은 다양한 형태의 교사 교육과정 구성으로 발전해 나갔다. 사실 시간이 부족하다 느낀 이유는 교과서의 차시 순서대로 따라가다 보니 생긴 일이라는 사실을 깨닫게 되었다. 결국 교과서의 흐름을 따라가는 수업에서는 과정중심평가와 피드백이 어렵다는 확신이 들었다. 문제 해결방법을 고민하던 중, 긴 호흡으로 수업을 풀어갈 수 있는 단원 간 내용 구성 방법이 필요함을 느끼게 되었다.

　성취기준과 교과서 내용을 분석하며 어떤 단원을 연결할까 고민하였다. 특히 5학년에서 역사 영역이 처음 등장하는데 어떻게 하면 '역사 = 즐겁다'는 인식을 심어줄 수 있을까 고민하게 되었다. 그러던 중 학교 근처에 우리 고장에서 출토된 선사 시대 유물이 있는 시립박물관이 있다는 사실을 알게 되었고, 기행문을 중심으로 견문과 감상을 배우는 국어과 단원과 연계하기로 결정하였다. 기행문과 선사시대를 연결시키는 또 다른 고리는 현장체험학습이다. 시립박물관을 다녀와 기행문을 직접 쓰고, 시립박물관에서 선사시대 유적에 대해 배우며 역사에 대한 흥미와 호기심을 키울 수 있다. 뿐만 아니다. 시립박물관 체험학습을 통해 아이들이 여정과 견문을 활용하여 한 편의 기행문을 작성하는 과정에서 평가와 피드백이 이루어진다. 이때 C선생님은 현장학습이라는 충분한 시간(6H)을 활용하여 아이들에게 적절한 피드백을 제공하고 모든 아이들이 성취기준에 도달할 수 있도록 할 것이다. 즉, 현장학습 일정 전체가 기행문을 작성하고 선사시대 유물을 관찰하는 과정중심평가이자 피드백으로 활용되는 것이다.

[C선생님의 단원 간 내용 구성]

국어 2. 견문과 감상을 나타내어요		사회 1.우리 역사의 시작과 발전	
차시	배움 주제 (평가★)	차시	배움 주제 (평가★)
1	견문과 감상이 드러나는 글의 특징	1	역사에 관심갖기
2	견문과 감상이 드러나는 글 읽기	2	석기 시대의 생활 모습 알아보기
3	견문과 감상이 드러나는 글을 쓰는 방법 알기	3	신석기 시대의 생활 모습 알아보기
4		4-5	시립박물관에서 선사 시대의 유물 관찰하기★
5	문장 성분의 홍용 관계에 주의하며 글 고쳐쓰기	창제	선사시대 유물의 특징 발견하기
6	시립박물관을 견학하며 견문과 감상이 드러나는 글쓰기★		이하 생략
7			
창제	호응 관계에 주의하며 고쳐쓰기		

현장학습을 가기 위해 필요한 행정적인 준비를 끝내고, 교과서를 활용하여 기행문의 요소와 작성 방법, 그리고 선사 시대의 개념과 특징에 대해 학습하였다. 기본 개념과 원리, 방법의 학습에서는 교과서를 충실히 활용하였고, 전체적으로 교사 주도의 수업 방법에 학생 참여와 탐구 중심의 수업 기법이 조화를 이룰 수 있도록 진행하였다.

국어과 2단원과 사회과 1단원의 지식 학습이 끝나는 9월 셋째 주에 C선생님은 시립박물관으로 현장학습을 떠났다. 3일 전 아이들에게 이번 현장학습은 두 개 단원 공부의 연장선에 있다는 것과 평가할 성취기준에 대해 미리 안내하였다. 2주 뒤 봄 현장학습을 앞두고 또 한번 학교 밖으로 나간다는 사실에 아이들은 매우 고무되어 있었다. 학습동기가 충만했다.

 이번 평가는 형식과 내용에 있어서 새로운 시도였다. 한 번의 수업에
서 서로 다른 두 교과와 성취기준을 동시에 평가하기로 한 것이다. 양
면에는 국어와 사회가 평가 문항을 함께 구성했다. 그리고 기존에 활
용된 평가지 양식(단원명, 성취기준, 평가일시 등이 쓰여 있어 한 눈
에 봐도 평가지임을 알 수 있었던)을 활용하지 않고, 아이들이 평소
수업시간에 활용하는 활동지 양식을 그대로 활용하기로 결정하였다.
수업이 곧 평가이고, 평가가 곧 수업이라는 과정중심평가의 방향에
부합하기 위한 소소한 장치였다.

시립박물관 현장학습 장면

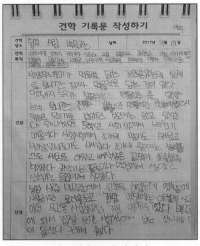

피드백을 통해 완성된
과정 중심 평가지 앞 면 (국어)

현장학습이 시작된 후, C선생님이 할 일은 한 가지였다. 아이들이 쉽게 찾을 수 있는 곳에서 아이들을 기다리는 일이었다. 아이들은 이미 이번 수업을 통해 자신들이 해야 하는 과제를 정확히 알고 있었고, 그 어느 때보다 학습 동기가 높았다. 시립박물관 곳곳에서 선사 시대 유물의 특징과 함께 여정과 견문을 담아 기행문을 작성하였다. 어느 정도 작성이 마무리되면 C선생님께 찾아왔다. 그러면 C선생님은 꼼꼼히 읽어보고 보충할 점과 수정해야 되는 부분을 안내해주었다. 상당수 아이들이 비슷한 오류를 범했는데, 견문은 많지만 감상이 턱없이 부족하다는 점이다. 본 것은 꼼꼼하게 기록했지만, 자신의 생각과 느낌, 감정이 빠져있는 평가지가 많았다. 4시간이라는 여유 있는 시간이 있으니, 아이들 한 명 한 명 피드백하기 좋았고, 수업 과정에서 성장하는 모습을 직접 확인할 수 있었다. 평소라면 7줄 이상 글 쓰는 것을 힘들어하던 남학생들도 생생한 글감이 주변에 널려있고 교사의 맞춤형 피드백 덕분인지 한 바닥을 가득 채우고도 부족하여 빈 공간에까지 기록하기도 하였다.

선사시대 유물을 관찰하여 표현하고 특징을 찾는 사회과 평가도 비

숫한 결과가 나타났다. 처음에 다 했노라며 C선생님께 갖고 온 평가
지는 한 가지 공통점이 있었는데, 바로 아주 대충 관찰하고 표현했다
는 것이다. 선사 시대 유물의 윤곽 정도만 그려오는 아이들이 대부분
이었다. 선사 시대 유물에 나타나는 빗살무늬라던가, 깨어진 조각을
붙여 놓은 모양, 손잡이, 질감 등 구체적인 관찰 결과가 평가지에는 나
타나지 않았다. C선생님은 교과서에서 배운 내용을 떠올려보게 하고
직접 관찰을 통해 발견할 수 있도록 조언해 주었고, 관찰 결과를 자세
하게 표현할 수 있도록 안내하였다.

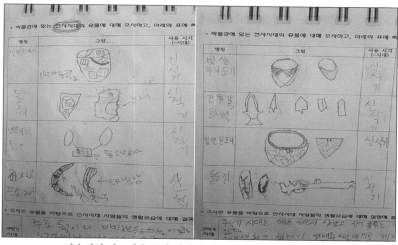

지속적인 피드백을 통해 완성된 과정중심평가지 뒷면 (사회)

처음에는 간단한 한 덩어리의 그림이었던 아이들의 평가지가 점점
선사 시대 유물의 특징을 닮아가며 그 시대의 생활 모습을 담아내고
있었다. 과정중심평가에서 지속적이고 반복적인 피드백을 통해 아이

들은 보다 나은 성장을 경험했고, C선생님도 수업의 과정에서 이루어지는 평가와 피드백의 중요성을 다시금 깨닫게 되었다. 수업 중 평가하고 피드백하기 위해서는, 즉 과정중심평가 본연의 목적에 맞게 시행하기 위해서는 교사 교육과정 차원의 수업 설계가 전제되어야 한다. 교사도, 학생도 충분한 여유시간이 필요하다. 자신의 배움을 스스로 되돌아보고 개선할 수 있는 시간적 여유를 주어야 한다. 이를 가능하게 하는 것은 바로 교사의 교육과정 결정자로서의 역할과 교사 교육과정이다.

04

생각과
마음이
자라는
수업

D선생님은 인성 교육을 중요하게 생각했다. 모든 교과와 모든 활동에서 언제나 바른 인성과 생각이 자라나도록 하는 수업을 최고의 수업으로 여기며 연구하고 실천했다. 서로 듣고 배우는 학급 문화를 형성하고 상대방을 배려하며 공감하는 태도와 소통하고 협력하는 아이를 길러내는 것을 최고의 보람으로 여겼다.

올 해 학교에서 해결해야 할 문제가 여러 가지 있었다. 그 중 하나는 급식소와 관련한 문제였다. 급식소에서 과도하게 잔반을 남기거나 공적인 장소에서 지켜야 할 기본적인 예의를 지키지 않는 행동이 자주 목격되었다. 지금까지 훈육 위주의 교육은 그다지 효과가 없었다. 새로운 접근 방법이 필요했다. 그러던 중 최근 강조하고 있는 학생 자치활동과 문제 해결을 연결해야겠다는 생각을 하게 되었다. 학교의 중점 교육활동으로 자치 활동을 선정했기 때문이다. 자치활동과 급식소의 문제 해결은 잘 어울린다는 생각이 들었다. 아이들 스스로 급식소의 문제를 해결하며 감사함을 느끼는 수업. 생각과 마음이 함께 자라는 수업을 선생님은 기대했다.

전문적 학습공동체에서 동학년 선생님과 함께 이야기하며 수업 계획을 세워나갔다. 아이들이 스스로 문제 해결의 필요성을 느끼고, 자발적인 참여를 이끌어 내기 위해서는 급식소의 문제를 자신의 문제로 이해하고 받아들이는 과정이 필요했다. 급식소의 문제가 교사만의 문제가 아닌 나의 문제로 인식될 때 아이들은 자발성과 적극성을 가지고 수업에 몰입하게 될 것이기 때문이다.

급식소에서 발생하는 소음, 잔반, 무질서 등의 문제를 아이들의 시선에서 인식하고 해결방법을 찾아낼 수 있도록 하기 위해 우선 급식소와 연계한 다양한 활동을 준비하였다. 배식하기, 급식소 정리 도우미하기, 검수 과정 참관하기, 조리사님과 영양사님이 함께하는 수학 시간, 감사 편지 쓰기 등 성취기준과 연계하여 급식소에 대한 관심과 참여를 높이는 활동을 먼저 하였다. 그리고 이러한 과정에서 아이들의 시선에서 발견한 문제를 자치 활동을 통해 스스로 해결방법을 찾아가는 갈 수 있도록 하였다. 급식소에서 아이들은 우리를 위해 수고하시는 분들께 감사하는 마음을 갖게 될 것이다. 뿐만 아니라 문제 해결 과정에 참여하며 생각이 자라게 된다. 생각과 마음이 동시에 자라는 수업은 이렇게 구성될 수 있었다.

급식소 문제를 나의 것으로 받아 들이고 관심과 흥미를 갖게 하기 위한 활동	· 공공장소에서 지켜야 할 일 찾기 (도덕) · 식재료 검수 과정에 참여하기 (창제) · 영양사, 조리사 선생님과 인터뷰하기 (창제) · 배식, 식판 정리 등을 도와드리며 급식소의 문제점 찾기(창제)

식판 정리, 배식, 검수 과정에 참여 하기

[영양 선생님과 조리사님과 함께하는 수학]

고마운 급식소의 마지막 단계는 감사 편지 쓰기였다. [4국03-04] 읽는 이를 고려하며 자신의 마음을 표현하는 글을 쓴다의 성취기준과 연계하여 평가도 실시하였다. 평소 편지 쓰기였으면 종이의 반을 넘기지 못하고 형식적인 감사의 말로 편지를 마무리하는 학생이 많았겠지만 이번에는 거의 모든 학생이 종이를 꽉 채워나갔다.

평소 활동에 잘 참여하지 않던 학생도 편지에 감사의 마음을 담아 냈다. "조리사 선생님께서 전교생이 먹는 밥을 다 만드느라 힘드실 것 같아요. 계속 서 있는 것도 힘드실 것 같고 5일 동안 반복해

[급식소에 전시된 아이들의 편지]

서 힘드실 것 같아요." 라고 자신의 마음을 담아 편지를 완성할 수 있었다.

　고마운 급식소 프로젝트를 마친 후, 함께 가꾸어가는 급식소를 위해 곧바로 급식소의 문제 해결을 위한 학급, 학년 다모임을 가졌다. 자연을 위해, 친구들을 위해, 급식소를 위해 해결되어야 할 문제가 어떤 것이 있는지 학급 임원을 중심으로 자유롭게 이야기하였다. 아이들이 1주일가량 급식소에 대해서 생각해보고 난 뒤라 적극적으로 회의에 참여하는 모습을 보였다. 아이들은 아래와 같은 문제점을 찾아내었고, 뒤이어 문제 해결방법을 탐색하기 시작했다.

[우리 학교 급식소의 문제점]

❶ 소음, 질서, 식사예절 　❷ 잔반 / 편식 　❸ 급식소 시설

↓

[학급 다모임에서 찾아낸 문제 해결 방법]

❶ 안내판 만들기 : 급식소 전시용 큰 안내판 / 식탁용 작은 팻말 ❷ 홍보 영상 만들기 ❸ 퇴식구 발판 만들기 ❹ 잔반 줄이기 스티커 제작하기

다모임에서 문제 해결 방법을 결정한 후 아이들이 스스로 결정한 활동들을 하나씩 실천하는 과정은 즐거웠다. 찾아낸 문제 해결 방법은 [4도03-01] 공공장소에서 지켜야 할 규칙과 공익의 중요성을 알고, 공익에 기여하고자 하는 실천 의지를 기른다. 성취기준 및 학급별로 배당된 창체 자율시수를 활용하여 수업을 구성했다.

영상 만들기는 처음부터 끝까지 아이들의 손으로 만들었다. 처음 계획한 대로 급식소에서 뛰어 다니다 넘어지는 영상을 찍기도 하고, 물컵 정리방법, 밥 먹으면서 장난치는 아이들을 보면 조용히 하라고 해주기, 음식 흘리지 않기 등 계획한 것 이상의 영상을 아이들이 중간 놀이 시간, 점심시간을 들여 찍었다.

급식소 홍보 영상 제작하기

큰 안내판 만들기는 급식소에 세워 두기만 하기에는 아까워 밥을 먹고 나오는 아이들에게 서약서를 읽고 서명을 받는 활동으로까지 확대하였다. 4교시와 점심시간 팀과 조를 나누어 활동하면서 아이들은 "동참하세요!"를 외쳤다. 만화로 그려 댓글받기는 안내판 만들기 방법을 논의하며 나왔던 지나가는 아이디어 중 하나였다. 작은 안내판 그리기를 마친 뒤 몇몇 아이들이 만화로 그려 댓글받기도 하고 싶다고 이야기했다. 그래서 아이들에게 8절지를 반 접어 한 쪽은 만화를 한 쪽은 댓글창을 만들어 보라고 주었다. 6명의 아이들이 집에서, 또는 쉬는 시간을 활용하여 6개의 만화를 완성했다.

깨끗한 급식소 서명 받기, 만화 제작하기

수업이 끝난 후, 아이들은 다양한 소감을 남겼다. 평소 표현하지 못했던 급식소에서 일하시는 분들께 감사함을 표현했고, 한 끼의 식사가 준비되기까지 많은 사람의 수고와 헌신이 담겨 있다는 사실을 깨달았다. 또한 우리들 스스로 급식소를 변화시켰다는 자긍심이 생겼다. 전에는 작은 것 하나에도 서로 의견이 달라 튕겨나가기 일쑤였던 아이들이 한 가지 목표를 두고 함께 과제를 해결해 나가기 시작했다. 프로젝트를 진행하면서 자신의 생각을 설득하기도 하고, 관심이 없던 학생들도 함께 참여하게 만들면서 함께 하는 법을 배웠던 것이다. 마음과 생각이 함께 자라는 수업은 이렇게 마무리되었다.

05

앎과
삶이
통합된
수업

E선생님은 평소 수학 교육에 관심이 많다. 아이들이 수학을 즐거운 놀이처럼 배우길 원했다. 매 수업마다 가급적 구체적 조작활동이나 놀이 활동과 통합된 수업을 즐겨했으며, 생활 속에서 수업 자료를 발견해냈다. 수학에 대한 선생님의 열정은 언제나 수업에서 배움이라는 열매를 맺었다.

그 해 선생님의 관심은 5년째 전통으로 이어오는 유네스코 학교를 어떻게 교과와 연계할까에 대한 것이었다. 평소 가장 관심이 많은 수학과 연계 방안을 모색해야겠다는 생각이 불현듯 스쳐갔다. 유네스코 학교와 생활 속에서 배우는 수학을 어떻게 엮어낼 수 있을지가 관건이었다.

성취기준과 교과서 내용을 분석하며 읽는 도중 '분류하기'와 관련된 성취기준이 눈에 들어왔다. 최근 우리 마을을 걸으며 경험한 지저분한 거리도 함께 오버랩 되었다. 마을의 쓰레기를 줍고 그것을 분류하는 활동은 유네스코 학교의 지속가능발전교육과 관련이 있으면서도 아이들의 삶의 현장에서 생생하게 이루어지는 수학 교육이 되겠다는 확신이 들었다. 성취기준의 범위 안에서 말이다.

E 교사는 계열성이 강한 수학교과를 다른 교과와 연계하여 주제 통합 수업을 구성하기보다 단원 내 구성으로 의도한 교육 목적을 달성해야겠다는 생각을 하게 되었다.

〈E선생님의 단원 내 내용 구성〉

[2수05-01] 교실 및 생활 주변에 있는 사물들을 정해진 기준 또는 자신이 정한 기준으로 분류하여 개수를 세어 보고, 기준에 따른 결과를 말할 수 있다.

목표 및 중점 교육활동을 반영한 단원 내 내용 구성			
교과서		재주성 내용	
차시	교과서 내용	차시	배움 주제 및 주요 활동(평가 및 피드백★)
1	단원도입	1~2	· 분류하는 방법 알아보기
2	분류는 어떻게 할까요		· 교실 속 물건을 활용하여 분류 방법 익히기
3	기준에 따라 분류해 볼까요	3~4	· 기준에 따라 분류해 보기
4	[놀이 수학] 분류하여 찾아볼께요		· 분류 기준의 의미 알기 · 분류 기준을 정하고 교실 물건 분류하기
5	분류하여 세어 볼까요	5~6	· 분류하여 세어보기 · 분류한 물건을 세어 표에 나타내기
6~7	분류한 결과를 말해 볼까요★	7~8	· 인평동 환경 지킴이 활동 · 인평동 일원 쓰레기 줍기 · 주운 쓰레기를 기준을 세워 분류하기★
8~9	[얼마나 알고 있나요]	9~10	· 결과 발표 및 소감 나누기 · 써클에서 배운 점 느낀점 돌아가며 말하기

교과서를 활용해 분류의 수학적 개념과 방법, 분류한 후 세는 방법에 대한 학습을 마친 후, 아이들이 생활하는 공간인 우리 마을로 쓰레기 줍기 활동을 나갔다. 우리 마을에 떨어진 쓰레기를 줍는 과정에서 아이들은 환경 보호의 필요성을 몸으로 체험하였고, 평소 우리 마을을 위해 애써주시는 분들께 감사한 마음이 들었다고 소감을 말하였다. 생각보다 쓰레기는 많았다. 평소 무심코 지나치던 휴지나 과자봉지도 오늘은 눈에 밟혔다. 아이들은 오늘 우리 인평동의 환경 지킴이가 되었다. 그리고 생생한 수업 재료를 삶의 공간인 마을에서 스스로 찾아다녔다.

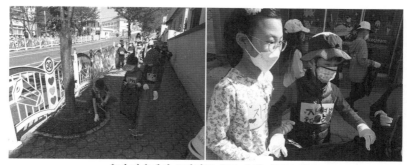
우리 마을에서 쓰레기도 줍고, 수업 자료도 얻고

이렇게 모둠별로 주워온 쓰레기는 학교로 가지고 와 기준을 세워 분류하기 시작했다. 교과서를 통해 배운 개념과 방법, 원리를 실제 문제 상황에서 적용한 것이다. 모둠에서 협력하여 기준을 세웠다. 그리고 기준에 맞게 쓰레기를 분류하기 시작했다. 얼마 지나지 않아 분류하기 활동이 끝났다. 분류 기준을 '종류'나 '크기'로 정하여 분류한 모둠도 있었고, 불에 타는 것과 그렇지 않은 것을 기준으로 분류하기도 하였다.

기준을 세워 분류하기 활동

과정 중심 평가지

활동 과정에서 과정중심평가를 실시하였다. 1차 활동으로 모둠별로 세운 기준에 따라 분류하는 과정에서 어려워하는 아이들에게 분류 기준의 개념과 분류하는 방법을 안내한 후, 2차로 문항에 제시된 평가 기준에 따라 분류하는 활동을 하였다. 그리고 분류 결과를 바탕으로 '사람들이 가장 많이 버린 쓰레기의 종류'가 무엇인지 찾아보게 하였다. 이후 우리 마을을 깨끗하게 해 주시는 분들에게 감사하는 마음을 표현하고, 내가 실천할 수 있는 일 2가지를 써 보았다.

분류의 개념과 방법을 배우고 실제로 우리 마을의 쓰레기를 주워 분류하는 과정에서 앎과 삶이 통합될 수 있었다. 교실에서의 앎을 삶의 현장으로 확장시키고, 학교 밖에서도 배움이 지속될 수 있는 실천력을 길러주는 수업이었다. 수행평가를 통해 정의적 영역의 평가도 고루 이루어졌으며, 교육과정-수업-평가가 유기적으로 연계될 수 있었다.

E선생님이 가진 생활 수학, 체험 수학의 목표는 이후 수업에도 지속적으로 적용되었으며, 아이들은 수학을 즐겁게 배우게 되었다.

06

배움과 삶의
주도성을
키우는
수업

K선생님은 가을 정의학교(본교 중점과제로 운영되는 계절학교)를 어떻게 운영할지 고민이 많았다. 3일 동안 운영되는 학교 행사인데다 올해는 지역사회와 함께해야 한다는 학교의 방향이 정해졌기 때문이다. 학교 행사라 자율 시수가 6차시 배정되어 있는데, 단순한 행사로 마치고 싶지 않았다. 어떻게 하면 수업과 연계시킬까, 아이들에게 만족을 줄 수 있을까 연구하기 시작했다.

전문적 학습공동체에서 방향을 고민하던 중, 2학년과 함께 하기로 결정했다. 관련된 성취기준을 찾고, 어떻게 하면 교과와 창체(자율)를 통합적으로 풀어갈까 고민하던 중 지역사회와 연계할 수 있는 성취기준이 눈에 들어왔다.

[2바05-02] 동네를 위해 할 수 있는 일을 찾아 실천하면서 일의 소중함을 안다.

그리고 작년 1학년이 주도하는 소소한 나눔장터의 운영 경험이 생각 났다. 2학년 선생님들과도 함께 의논했다. 작년 장터 운영 경험을 바탕으로 올 해는 마을 장터로 범위를 확장하기로 결정했다. 학교 중점 활동인 정의학교와도 의미가 통하고 성취기준과 연계하기도 좋았다. 하지만 한 가지 해결되지 않는 고민이 있었다. 바로 우리 반 아이들이 해낼 수 있을까? 하는 불안함이었다. 아이들이 스스로 해낼 수 있을까? 계절학교의 취지에 맞게 계획, 준비, 실천의 모든 과정에서 1~2학년이 가능할까? 불안한긴 했지만, 그래도 선택의 여지가 없었다. 아이들 스스로 해낼 수 있음을 믿고 그렇게 시작되었다.

[K선생님의 단원 내 교육과정 재구성 (교과＋창체)]

교과서		재구성 내용	
차시	교과서 학습 내용	차시	배움 주제 및 주요 활동 (평가★)
1	수업 만들기	1~3	나눔 장터 계획을 세워 봅시다.
			나눔 장터 계획 세우기
2~4	나눔 장터에서 찾은 이웃	4~6	나눔 장터를 알릴 홍보 포스터를 만들어 봅시다.
			나눔 장터 홍보 포스터 만들기
5~6	이웃과 나눠요	7~10	나눔 장터 준비를 해 봅시다.
			나눔 장터 준비하기
7~8	서로 돕는 이웃	11~15	친구들과 함께 나눔 장터를 열어 봅시다.
			나눔 장터 열기
9~11	수업 만들기	16	나눔 장터에 참여하며 느낀 점을 이야기해 봅시다.
			나눔 장터에 참여한 소감 나누기

홍보 전단지를 만들고, 마을 장터에서 어떤 프로그램을 운영할지 아이들이 스스로 결정하게 하였다. 과연 아이들이 스스로 할 수 있는 것들이 무엇이 있을까 불안감을 안고 학급 다모임을 했다. 하지만 결과는 정반대였다. 생각보다 아이들이 스스로 해낼 수 있는 다양한 프로그램이 있다는 사실을 알게 되었다. 프로그램을 결정하는 자리에서 아이들은 몰입하는 과정을 경험할 수 있었다. 스스로 뭐든지 할 수 있을 것 같았고, 실제로도 그랬다. 교사의 기우에 불과했다. 우리 아이들이 이렇게 적극적이었던가? 어쩌면 교사인 내가 아이들의 자발성과 창조성을 가로막고 있었던 것은 아닌가? 스스로를 되돌아보는 시간이었다.

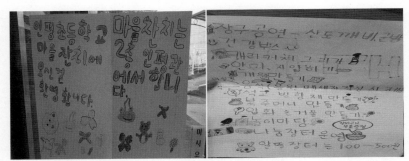

| 아이들이 만든 홍보 전단지 | 마을 장터 행사에 활용한 순서지 |

아이들이 스스로 결정한 마을 장터 프로그램은 다음과 같다.

장구공연 · 캐리커쳐그리기 · 안마, 지압하기

개운죽 만들기 · 석고 방향제 만들기 · 압화 손거울만들기

알뜰 바자회 · 전통놀이 코너 · 복주머니 만들기

아이들의 희망에 따라 인터넷으로 물건을 구입하기도 하고 조별로 원하는 주제에 맞게 마을 장터를 준비하였다.

거름돈 계산 연습하기   간판 준비하기

어느 정도 행사 준비가 된 후, 본격적으로 우리 마을 주민들에게 홍보하기 시작했다. 알림장을 통해 학부모에게도 알리고, 주민 센터에 방송도 부탁했다. 동네 어르신들의 참석을 기대하며 경로당에도 두 번이나 다녀왔다.

마을 장터 모습

적게 참석하면 어쩌나 걱정했는데, 행사는 상당히 성황리에 마무리 되었다. 100명이 넘는 지역주민들과 학부모님들께서 참석하셔서 장터를 빛내 주었다. 장터 내내 아이들은 자신이 맡은 부스를 책임감 있게 운영하였다.

행사의 계획, 실행, 홍보의 전 과정에서 아이들의 주도성이 빛났다. 학생들을 마냥 어리다고 생각했던 K 교사의 시야를 넓혀주는 계기가 되었다. 아이들은 충분히 스스로 해낼 수 있었다. 앞으로도 더 많이 믿고, 스스로 할 수 있도록 기회를 주며, 곁에서 지지하고 격려해야겠다는 생각을 하였다. 학생들은 국어나 수학의 기초기본 지식 학습에서는 여전히 어려움을 겪지만 내 손으로 직접 하고 싶은, 흥미와 동기를 유발하는 배움의 환경이 조성되었을 때, 스스로 자신만의 방법을 찾아가는 주도성을 보여주었다. 꽤나 꼼꼼했고 깊이 몰입했다. 아이들의 배움과 삶의 주도성을 살리기 위해 교사로서 무엇을 할 것인가 깊이 고민하게 만들었다.

6부

교사 교육과정,

아우르다

6부

교사 교육과정,
아우르다

모든 강물은 바다로 모인다

교사 교육과정은 수업과 평가에만 국한되지 않는다.

학문적 구분에 따라 교육 철학, 방법, 교육과정, 공학, 심리, 상담 등 다양한 영역으로 나눠져 있지만, 수업을 실행하는 현장에서는 교사를 중심으로 다양한 분야가 연결되고 통합된다.

교사 교육과정, 그것은 교육학의 영역, 이론적 체계, 정책 과제, 교사의 철학, 상위 수준 교육과정, 학생의 배움 등 교육을 둘러싼 다양한 범주를 아우르는 속성이 있다. 교육 주체로서, 최종 결정자로서, 때론 연구자인 동시에 실천가인 교사에게 흡수되어 교실에서 발현되기 때문이다.

또한 교사 교육과정은 학급 경영, 생활교육, 상담 등 교실에서 이루어지는 다양한 교육활동을 아우른다. 뿐만 아니라 수업을 중심으로 교실에서 이루어지는 나머지 교육적 행위들과도 긴밀하게 연결되어 있다. 이러한 연결은 교사 교육과정 안에서 조화를 이루며 하나의 완전체를 이룬다.

01

교사
교육과정과
학교
교육과정

   학교 교육과정과 교사 교육과정의 바람직한 관계는 무엇일까? 학교에서는 교사 교육과정과 어떻게 조화롭게 공존할 수 있는가? 교사는 학교 교육과정을 어떻게 인식해야 할까? 아래 그림과 같이 네 가지 관점에서 생각해보자.[7]

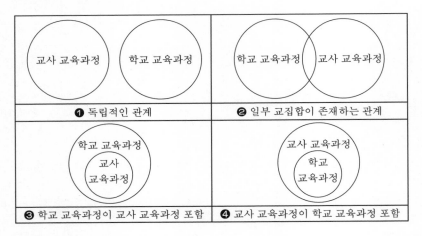

① 독립적인 관계	② 일부 교집합이 존재하는 관계
③ 학교 교육과정이 교사 교육과정 포함	④ 교사 교육과정이 학교 교육과정 포함

---

7) 위 표에서 학교 교육과정은 단위 학교 교육과정으로, 교사 교육과정은 단위 학교 내 교사들이 갖는 교사 교육과정의 총합으로 간주하여 사례를 제시한 것이다.

❶ 독립적인 관계

학교 교육과정의 편성과 운영 과정이 교사들이 지닌 학급 교육 철학, 목표, 평가 등 교사 교육과정의 전반에 대한 배려와 이해 없이 이루어지는 경우다. 또한 교사도 학교의 비전, 중점 교육 활동, 실천 과제 등 학교 교육과정을 교실에서 수업을 통해 구현하는데 관심이 없다. 모든 교사가 함께 해야 하는 대규모 학교 행사에는 기계적으로 참여하기도 하고 일부 의도하지 않게 학교 교육 방향과 공통분모를 가지긴 하나, 전반적으로 학교 교육과정과 교사 교육과정은 독립적으로 움직이며 서로에게 의미 있는 상호작용을 하지 않는다.

❷ 일부 교집합이 존재하는 관계

학교 교육과정과 교사 교육과정이 상당 부분 독립적으로 편성·운영되지만, 특정한 문제나 상황에 따라 유기적으로 상호작용하며 연합이 이루어진다. 특히 학교 전체적인 행사나 중점·특색 과제를 중심으로 학교 교육과정의 철학과 방향을 교실에서 이루어지는 교사 교육과정의 수업과 평가를 통해 달성하고자 노력하는 경향을 보인다.

❸ 학교 교육과정이 교사 교육과정을 포함

교사 교육과정이 교과서에 의존한 수업과 학교 차원에서 결정된 사항에만 관심과 열정을 집중하여 편성·운영되는 경우를 의미한다. 이 과정에서 때론 교사 교육과정이 학교 교육과정의 범위와 수준을 뛰어넘기도 하지만, 아주 드물게 일어나거나 의도하지 않게 발생했다 사라지곤 한다. 교사들은 국가와 학교 교육과정을 주어진 그대로 실천하며 교사의 철학과 가치를 반영하여 새롭게 내용을 구성하고 수업에 적용하는 것에 소극적이다.

❹ 교사 교육과정이 학교 교육과정을 포함

교사들이 국가, 학교 교육과정에 대한 문해력을 바탕으로 국가와 학교에서 요구하는 내용과 방법을 교사 교육과정을 통해 실현하는 경우이다. 학교 교육 철학, 중점 과제 등 학교 교육과정이 교사의 철학과 가치와 연합되어 있으며, 교사 교육과정에 학교 교육과정에서 의도한 것들이 녹아들어 있다. 때론 학생의 흥미와 특성, 발달단계, 교육 환경 등의 여건을 고려하여 수업 내용을 개발·적용하는 과정에서 학교 교육과정의 범위와 수준을 넘어서기도 하는 질적인 도약이 이루어지기도 한다.

위와 같은 구분은 필자의 경험을 바탕으로 유형화한 것이다. 일반적으로 네 가지 유형이 독립적으로 존재하지 않고 일 년 동안 복합적으로 나타난다. 때론 학교가 교사 교육과정을 존중하기도 하고, 일정 시점이 되면 그렇지 못하기도 한다. 교사 역시 마찬가지다. 특정 장면, 특정한 의사결정 상황에서 어떤 지향성을 갖추느냐 하는 문제일 것이다.

학교는 교사 교육과정의 가치와 중요성을 충분히 인식하고, 학교 교육과정 편성·운영 전반이 교사 교육과정을 중심으로 이루어져야 한다. 지구가 태양 주변을 공전하는 것처럼, 학교 교육과정의 중심에 교사 교육과정이 자리 잡고 있어야 한다.

교사는 학교 교육과정의 비전과 철학, 중점 및 특색과제, 시수 편성, 범교과, 평가 방향 등 학교 교육과정에 대한 문해력을 바탕으로 교사 교육과정을 편성운영하기 위해 노력해야 한다. 초등학교 6년이란 긴 호흡에서 현재 내가 가르치는 학년 역할에 대한 고민이 필요하고, 학교 공동체 속에서 함께함의 가치를 받아들여야 한다. 또한 학교 교육과정을 만들어가는 과정에도 적극 참여해야 할 것이다.

학교 교육과정은 교사 교육과정을, 교사 교육과정은 학교 교육과정을 지향해야 한다. 그리고 교사 교육과정은 우리 반 아이들을, 학교 교육과정은 국가 교육과정을 담아낼 때, 의미 있는 변화는 시작될 것이다.

02

교사
교육과정과
학급경영

   교사 교육과정은 학급경영을 포함한다. 즉, 다양한 학급경영활동은 교사 교육과정의 목표와 맥락 안에서 서로 연결되고 방향성을 지닐 때 교육적 효과가 배가된다.

   예컨대, 공감적 의사소통능력과 관련된 학급 목표를 수립했다고 하자. 기본적으로 이 목표는 성취기준과 연계한 교과 수업을 통해 달성하는 것이 가장 의미 있고 바람직하다. 하지만 그것만으로 충분하다 할 수 없다. 생활교육, 학급경영의 내용과 방법에도 동일한 목표의식이 반영되었을 때, 시너지효과를 발휘한다. 아침 맞이 시간을 활용하여 친구들 간 서로의 감정을 묻고 자신의 감정을 표현하는 학급경영 방법을 적용할 수 있다. 수업을 마치는 시간도 유사하게 오늘 하루 중 속상하거나 힘들었던 일, 칭찬하고 싶을 일에 대해 모둠에서 이야기 나누고 수업을 정리할 수 도 있을 것이다.

중요한 것은 교실에서 일어나는 다양한 교육 활동의 일관성, 지속성, 반복성이다. 교과 수업을 통해 다루어진 내용과 방법, 그리고 수업 이외의 시간에서 이루어지는 학급경영활동이 교사 교육과정을 중심으로 연결되고 통합될 때, 교육 효과는 더욱 뚜렷하게 나타날 수 있다.

학급경영 아이디어를 개발할 때도 교사의 교육 철학과 가치, 교사 교육과정의 목표를 고려해야 한다. 다양한 학급경영 사례를 우리 반에 적용할 때도 마찬가지다. 사례의 무비판적인 적용, 단순 수용은 지양하는 것이 좋다. 교사 교육과정의 범주 안에서 충분히 수용될만한가 판단하고 따져봐야 한다. 이때 교실에서 이루어지는 다양한 교육활동을 보다 교육적으로 연결하고 통합하는 안목이 길러질 것이다.

〈 교사 교육과정과 연계한 학급 경영 방법 결정 사례 〉

· 올 해 3학년은 기초 기본 학습에 강조를 두어야겠군.
책 읽는 습관 형성을 위해 독서 활동을 강화하는 환경판을 꾸미고, 교실 내 작은 도서관 코너를 마련해야겠어. 공책 정리 방법으로 5W1H 기법을 3월부터 꾸준히 적용해야지. 그리고 수학 기초 연산과 어휘력 신장을 위한 놀이 기반 프로그램을 아침 활동과 하교 전 아이들이 스스로 할 수 있도록 구성해봐야겠어!

03

교사
교육과정과
교 · 수 · 평 일체화

　바람직한 교사 교육과정은 교수평 일체화를 포함한다. 달리 표현하자면, 교수평 일체화가 반복되고, 이를 하나로 연결 지어 경향성을 부여하는 것이 교사 교육과정의 역할이다. 교사 교육과정을 이루는 구성 요소 중 목표, 내용, 방법, 평가는 교수평 일체화의 본질이기 때문이다.

　다양한 교과와 시기에 이루어지는 교수평 일체화를 하나로 묶어주는 것은 교사가 지닌 목표와 철학이다. 목표를 중심으로 교수평 일체화의 방향을 제시할 수 있다. 즉 교육과정 재구성 의도에 교사의 목표와 철학이 충분히 반영된다면, 배움중심수업과 과정중심평가를 하나로 연결시킬 수 있을 뿐 아니라, 교과를 넘나들며 이루어지는 교수평 일체화에 방향성을 제시할 수 있게 된다.

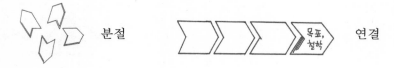

분절　　　　　　　　　　　　　　　　목표, 철학　　　연결

04

교사
교육과정과
학교
교육과정 설명회

새 학년이 시작되고 교사와 학부모는 학교 교육과정 설명회 때 처음 만난다. 때론 이 만남이 처음이자 마지막 만남이 되기도 한다. 중요한 자리가 아닐 수 없다. 학부모는 학교 교육과정 보다 담임교사의 몸짓 하나 말투 하나에 더 집중한다. 학부모들도 이미 다 알고 있다. '교사가 곧 교육과정이란 사실을.'

학부모와의 첫 만남인 학교 교육과정 설명회를 잘 준비하고 활용해야 한다. 학교는 설명회를 통해 교사의 교육 철학과 신념, 배움과 가르침에 대한 열정과 사랑을 전하고 교사 교육과정을 안내해야 한다. 이를 통해 학부모는 학교와 교사를 신뢰하게 되고, 교육과정 운영에 대해 협조하는 마음을 갖게 되기 때문이다.

첫 만남이 중요하다. 처음의 이미지는 쉽게 바뀌지 않는 법이다. 기분 좋은 첫 만남을 통해 학부모에게 긍정적인 이미지를 심어주

자. 그리하여 중요한 교육 파트너인 학부모와 협력과 신뢰 관계를 형성하자. 이것이 학교 교육과정 설명회의 가장 중요한 목적이다.

2018학년도부터 우리 학교는 학교 교육과정 설명회를 '학급 교육과정 나눔의 날'로 바꾸어 운영하였다. 사실 우리의 의도를 충분히 반영한 표현은 '교사 교육과정 나눔의 날'이다. 하지만 교사 교육과정에 대한 용어가 아직은 보편화되지 않았고 학부모의 관점에서 이해를 돕기 위해 '학급 교육과정 나눔의 날'이라는 용어를 사용하였다. 주어를 학교에서 학급(교사)으로 전환한 이유는 크게 두 가지이다.

첫 번째는 앞서 언급했듯이 학부모의 관심이 학교보다는 학급과 교사에게 머물러 있기 때문이다. 두 번째 이유는 2월 새 학기 맞이 교육과정 재구성 기간이 내실 있게 운영되었기 때문이다. 2월 교육과정 재구성 기간 동안 교사 교육과정이 전문적학습공동체를 통해 구체화되었고, 학교 교육과정 운영의 핵심을 교사 교육과정에 두었기에 가능한 일이었다. 교사 모두가 2월에 '함께' 만든 각양각색의 '교사 교육과정'에 대해 자신감이 있었기 때문에, 교사 교육과정을 학부모와 함께 나누자는 의견도 큰 부담 없이 받아들였다.

학급 교육과정 나눔의 날 운영 목적을 다음과 같이 설정하고 선생님들과 함께 공유하였다.

[교사 교육과정 나눔의 날 운영 목적]

1. 교사의 수업과 교육과정 전문성 제고, 학급 교육 철학과 비전 공유
2. 교사 교육과정에 대한 학부모의 신뢰도 함양으로 협력적 관계 형성
3. 당해 연도 학교 교육활동 안내, 학부모와 소통과 공감의 장 마련
4. 학부모의 학교 교육활동에 대한 적극적이고 자발적인 참여 유도

[교사 교육과정 나눔은 어떻게?]

순	내 용	방 법
1	교사 교육과정 안내	· 선생님의 다짐, 학급교육 목표, 중점교육활동, 교육과정 플래너, 재구성 수업 등
2	교사 교육과정 질의응답	· 교사 교육과정에 대한 질의 및 응답(10분 이내) · 답변이 곤란하거나 학교 차원에서 대응해야할 질문은 지원 요청
3	우리 아이가 공부하는 교실은 이런 모습이면 좋겠어요!	· 포스트잇과 4절지 활용 · 아이를 보내고 싶은 교실의 모습은? · 담임선생님께 바라는 점은? · 배움이 있는 행복한 교실을 위해 무엇이 필요할까? · 포스트잇에 쓰고, 돌아가며 이야기 나누기
4	학부모의 약속	· 포스트잇과 4절지 활용 · 우리 아이에게 하는 약속 · 나 자신에게 하는 약속 · 담임 선생님께 하는 약속 · 포스트잇에 쓰고, 돌아가며 이야기 나누기

[교사 교육과정 나눔은 내용]

1. 교육 목표 및 중점 교육활동

- 담임교사로서 올 한해 교육 목표와 목표 도달을 위한 구체적인 세부 교육활동을 안내한다. 교사가 수립한 교육 목표가 교육적으로 어떤 의미와 가치가 있으며 가정에서는 어떻게 협력할 수 있을지 함께 이야기하는 시간으로 활용한다.

2. 1학기 학급 교육 플래너

1학기 교육과정 재구성 수업 시기, 과정중심평가 시기, 학급의 주요 행사 시기 등

- 학급 교육 플래너를 보며 전체적인 일정을 안내한다. 특히 교과서대로 수업 하지 않고 토의토론, 프로젝트, 하브루타, 융합수업 등 교육과정 재구성 수업이 어느 시기에 적용된다는 것을 플래너를 통해 학부모에게 안내한다. 그리고 학교 학사일정이나 학교 교육과정에 제시되지 않는 학급 특색을 담은 구체적인 교육 활동 - 매주 금요일에 편성된 회복적 써클모임, 3월 첫주 배움터 다지기 프로젝트, 현장학습 전후로 연계한 교육과정 재구성, 수업 중 일어나는 과정중심평가, ESD와 연계한 체험학습 등 - 이 시간표 상 언제 이루어지는지 안내하여 교사 교육과정이 계획적이고 체계적으로 이루어지는 것을 안내한다.

3. 단원 내, 단원 간, 주제 중심 수업 안내

- 재구성 수업 계획을 학부모에게 안내하고, 수업이 교과서만으로 이루어지지 않으며 역량 함양을 목적으로 학생의 흥미와 관심을 고려한 주제 중심, 역량 중심의 통합적·융합적 수업이 계획되고 실천될 것임을 안내한다.

4. 배움중심수업, 과정중심평가, 역량중심 학력관 안내 및 교사의 교육 철학과 신념 공유

- 담임 교사의 교육 철학과 신념을 바탕으로 배움중심수업의 철학과 가치, 과정중심평가가 교실에서 어떻게 적용되는지, 역량 중심의 학력이 미래사회에서 어떤 영향을 주는지 등에 대해 안내하여 학부모 연수의 기회로 삼는다.

5. 기타 학급 경영 안내

생활지도 및 기초기본 학습훈련, 독서교육, 학폭 예방, 상담 등 학급 교육활동의 전반적인 내용 안내

- 기타 학급 교육활동의 기본적인 내용을 안내한다. 정리정돈 습관, 알림장 사용, 학부모 모임 구성, 독서교육, 상담활동 등 교육과정 이외의 학급 경영활동에 대해 전반적으로 안내한다.

교사 교육과정을 나누는 모습

학급 교육과정 나눔의 날 학부모 활동 결과

- 우리아이를 보내고 싶은 교실의 모습은?
- 담임 선생님께 바라는 점은?
- 엄마가 약속할게!(우리 아이에게 하는 약속, 나 자신에게 하는 약속)

이러한 과정은 교육과정, 수업, 평가에 대한 전문성을 기반으로 할 때 가능하다. 교육과정과 수업, 평가에 대해 정확히 꿰뚫고 있지 않으면 자신감이 없어지고, 설명회 자리는 가시방석이 되기 마련이다. 교사에게 3월은 분명 부담스러운 시간이다. 하지만 극복하지 못 할 것도 없다. 문제 해결의 열쇠는 준비 여부에 달려 있다. 막연한 두려움이 머문 자리를 교육과정에 대한 충실한 준비로 채워야 한다. 교사라면 누구나 준비된 수업과 준비되지 않은 수업의 차이를 잘 알고 있을 것이다. 내가 직접 충실하게 준비한 교육과정은 누구에게나 자신 있게 설명할 수 있다.

　준비된 교사 교육과정을 설명하는 과정은 교사를 한층 성장시킨다. 학부모에게 교사 교육과정을 공언하는 과정에서 계획은 더욱 다듬어지고 학부모 의견을 수렴하여 완성도는 더 높아진다. 그리고 나만 알고 있는 재구성 계획은 학기가 시작되고 어려움이 닥칠 경우 쉽게 포기해버리기도 하지만 학부모와 나눈 계획은 끝까지 시도하게 된다. 나눔을 통해 학부모와 약속했기 때문이다.

　이처럼 교육과정 설명회는 교사에게 교육과정을 준비하게 하는 힘을 주고, 교사 교육과정을 더 매끄럽게 다듬어 주는 역할을 한다. 그리고 무엇보다 학부모와 만남을 통해 소통할 수 있는 기회를 준다. 교사와 학부모 간의 자연스런 첫 만남을 교육과정 설명회가 마련해 주는 것이다.

（학교 교육과정을 DIY하라 Episode7 수정·편집）

05

교사
교육과정과
수업
나눔

수업은 교사의 생명과도 같다. 축구 선수는 경기장에서 실력으로 말해야 하고, 교사는 교실에서 수업으로 말해야 한다. 교사의 교사됨은 수업에서 찾을 수 있다. 교사의 수업 공개도 동일한 맥락에서 생각해 볼 수 있다. 수업을 공개하는 것은 교사의 전문성을 공식적으로 드러내는 자리이다. 따라서 최대한 교사의 자율성과 전문성을 인정하고 존중하는 방향으로 운영되어야 한다.

본교에서는 학부모 대상 수업 공개 날짜를 교사별로 다르게 선정한다. 2월 재구성 한 교사 교육과정 일정에 맞게 수업 공개 날짜를 다르게 하는 것이다. 예컨대 4월 둘 째 주에 지속가능발전교육과 연계한 프로젝트 학습을 설계했다면, 프로젝트를 마무리하여 결과를 나누고 발표하는 시간에 수업을 공개하는 것이다. 교사 교육과정을 존중하는 방향으로 운영 시스템을 갖추었다. 수업 공개를 중심으로 교사 교육과정 운영 과정을 아래와 같이 도식화할 수 있다.

〈교사 교육과정 운영 일정에 따른 교사별 수업 공개 절차〉

2월 교사 교육과정 설계	전문적 학습공동체 (공개 수업 전)	교사별 수업 공개	전문적 학습공동체 (공개 수업 후)
· 교사 교육과정 설계 · 단원 내, 단원 간, 주제 중심 교육 과정 구성 · 학기별 연간수 업계획 및 평가 계획	· 2월 구성된 교사 교육과정 내용을 기초로 수업 공개 일시 결정 · 차시별 활동지 및 과정 평가 계획 수립 · 지난 배움의 과정을 잘 드러낼 수 있는 수업 차시 선정	· 2월에 재구성 된 수업 중 한 차시 공개 · 체험, 실습, 탐구 결과 발표, 프로 젝트 결과 나눔 등	· 반성적 수업성찰 · 수업 후 알게 된 점 배운점 함께 공유

  교사 교육과정에 따라 수업 공개 시기를 자율적으로 결정할 경우 다음과 같은 장점이 있다.

  첫째, 단위 수업에 지난 프로젝트 과정이 자연스럽게 드러나 수업이 풍성하고 깊이가 있다.

  둘째, 학생의 흥미와 특성을 고려하여 학습 내용을 재구성하였기 때문에 학생들이 수업에 적극적으로 참여한다.

  셋째, 배움의 연속성과 계열성이 확보되어 탐구, 체험, 발표 등 학생 중심 수업이 가능하다.

넷째, 교사의 수업 준비 부담이 줄고, 아이들의 돌발 행동이 적어 자신감 있게 수업을 공개할 수 있다.

수업의 뼈대는 2월에 마련해 놓았기 때문에 재구성 수업을 공개 수업 주제로 한다면 어떤 교과로 어떤 수업을 할 지 고민하지 않아도 된다. 그리고 미리 고민하고 준비한 내용이기 때문에 공개 수업 부담이 줄어드는 효과도 있다.

또한, 교육과정을 재구성했다는 것은 그만큼 교사가 관심과 열정을 발휘하여 수업을 기획하고 준비했다는 의미이다. 또한 수업에 충분히 교사의 전문성을 담아낼 준비가 되었다는 뜻이기도 하다. 이렇게 준비된 수업은 교과서의 학습 단계를 따라가지 않고 우리 반 학생의 발달 단계와 흥미를 고려한 맞춤형 수업이므로 학생들도 수업에 적극적으로 참여하게 된다.

〈교사 교육과정 일정에 따른 수업 공개 사례〉

■ 공개 수업 전, 프로젝트 활동

주요 활동	수업 장면
·글을 읽고 간추리는 방법 알기 (교과서 활용) ·우리 지역 통영의 옛 이야기 조사하기 　- 우리 고장 통영 지역화 교과서 활용(부록) ·통영 지역의 옛 역사와 문화 유산과 관련된 글을 읽고 　내용 간추리기 ·통영의 옛 이야기 내용 간추려 친구들에게 소개하기	
·통영의 문화유산이 소중한 까닭 알기 ·통영의 문화유산을 조사하는 방법 알기 ·통영의 문화유산을 조사하는 계획 세우기 ·우리 지역 통영의 문화유산 종류, 특징, 답사 방법을 　모둠별로 정리하여 발표하기	
·중요 내용을 간추리고 메모하는 방법 알기 　(교과서 활용) ·통영의 문화 유산 답사하기 (문화체험학습, 세병관 외) ·문화해설사의 이야기를 들으며 중요한 내용 메모하기 ·답사보고서 작성하기	
·다양한 방법으로 소개 자료 만들기 　* 문화 해설사 되어보기, 신문 만들기, 모형 만들기 등 ·우리 지역의 문화유산 소개하기를 통해 우리 고장에 　대한 자긍심 기르기	

⬇ ⬇

■ 학부모 초청 공개 수업

공개 수업 내용	공개 수업 장면
·우리 고장 문화유산 소개 자료를 발표할 때 　유의할 점 알아보기 ·모둠별 발표 연습하기 ·모둠별로 발표하고 질의 응답시간 갖기 ·모둠별로 잘된 점, 보충할 점, 칭찬할 점 　이야기 나누기 ·프로젝트 활동 마무리 차시 예고 하기	

06

교사
교육과정과
학예
발표회

　최근 공연 중심의 전체 학예회에서 학급 학예회 또는 학급 교육과정 발표회로 전환하는 학교가 많다. 기존 학예발표회 준비에는 수업과 관계없는 많은 시간이 소요되었고, 정규 수업이 파행적으로 운영되기도 했다. 한 번의 이벤트성 공연을 위해 교사도 아이들도 포기해야하는 것들이 참 많았다. 물론 학교 규모나 학교의 다양한 변인에 따라 접근방법은 달라지겠지만, 교육과정 중심의 학교를 위해 과도한 준비시간과 부담을 덜어야 한다는 사실은 모두가 동의할 것이다.

　위에서 언급한 학예회의 문제점을 극복하고, 한 해 아이들의 배움과 성장을 함께 나누고 축하하는 자리가 필요하다. 한 번의 공연을 준비하기보다 지금까지 교실에서 배우고 익힌 내용을 교사, 학부모, 학생과 함께 나누는 축제말이다. 교육과정에서 배운 내용을 잘 정리하고 다듬어 있는 그대로 드러내면 될 것이다.

공연 중심의 전체 학예회에서 한 해 배움의 결과를 나누는 학급 교육과정 발표회로의 전환이 필요하다. 평소 교과별 수업 결과를 잘 기록하고 정리해둔다면 준비를 위한 많은 시간이 필요하지도 않다. 고학년의 경우, 준비, 사회, 발표의 모든 과정에서 아이들이 주도할 수도 있다. 교사 교육과정을 중심으로 발표 내용이 결정되는 형태이다.

국어과에서는 시, 기행문, 논설문을 썼던 내용을 발표하거나 과학과에서 프로젝트형 실험 결과, 미술과 그림이나 조각, 음악과 악기 연주나 가창, 사회과 조사 · 발표내용, 체육과 줄넘기 등 성취기준과 연계하여 수업한 내용을 평소 사진이나 기록으로 잘 정리하고 학습 결과를 보관한다면, 발표를 위해 그다지 많은 시간을 준비하지 않아도 된다.

그리고 교사 교육과정의 목표와 중점 교육활동으로 선정했던 내용의 경우 학습의 결과가 더욱 풍성하고 기록도 보다 세밀하게 되어 있을 것이기에, 학급 교육과정 발표회에 큰 어려움이 없을 것이다.

학기 중 학급 교육과정 발표회를 염두에 둔다면, 교사가 기록에 보다 집중할 수 있게 된다. 아이들도 마찬가지다. 학년 말 자신이 어떤 주제로 무엇을 발표할지 미리 고민하고 수업에 참여한다면, 더욱 의미 있는 시간으로 활용할 수 있다.

〈교사 교육과정 기반 학급 교육과정 발표회 사례〉

(사회) 인평여지도 만들기
프로젝트 수업 발표

(진로) 미래 직업에 관하여
수업했던 내용 발표

(국어) 인터뷰와 촬영 영상

(체육) 티니클링 공연

07

교사
교육과정과
교육과정
반성회

　나는 개인적으로 학년 말 교육과정 반성회의 중요성을 아주 높게 평가하고 있다. 교육과정 반성회만 제대로 이루어져도 학교의 고질적인 문제들이 비교적 쉽게 해결될 것이라 생각한다. 교육과정 반성회에서는 한 해 교육과정에 대한 치열한 논쟁과 성찰을 통해 무엇을 남기고 무엇을 덜어낼지 확정하고 이를 모든 교사가 공감하는 자리가 되어야 한다고 본다. 이 과정에서 교사의 교육과정 문해력과 학교 교육과정에 대한 이해도 깊어진다. 서로 다른 학년의 고충도 알게 된다.

　업무도 마찬가지다. 어떻게 하면 절차를 간소화하고 경감할 수 있을지 반성회에서 집단지성을 발휘하여 심도 깊게 다루어져야 매년 반복되는 불필요한 업무를 걷어낼 수 있다. 학교 교육과정 반성회를 어떻게 내실 있게 운영할 것인가에 대해서는 『학교 교육과정을 DIY하라』에서 상세히 다루었다.

교사 교육과정 역시 학년 말이 되면 진지하게 성찰해야 한다. 어쩌면 학교 교육과정을 반성하는 것에 우선하여 교사 교육과정에 대한 진지한 반성적 성찰이 필요하다.

- 올 한해 내가 설정한 교육 목표와 중점 교육 활동이 잘 이루어졌는가?
- 아이들의 실제적인 성장과 변화를 교사는 체감하는가?
- 차기 연도 교사 교육과정 설계에 보완해야 할 점은 무엇인가?
- 차기 연도 교사 교육과정 운영에 보완해야 할 점은 무엇인가?

매 학기 말이 되면 한 학기를 아이들과 함께 되돌아본다. 매년 포함되는 질문이 있는데, 바로 '우리 반에서 가장 좋았고, 기억에 남는 순간 BEST5'를 아이들에게 물어보는 것이다.

아이들의 답변은 늘 비슷했다. 교과서대로 했던 수업은 학기가 끝나갈 무렵 아이들의 기억 속에 거의 남아있지 않다는 사실을 발견했다. 아이들이 행복해했고, 기억에 남아있는 수업은, 교사가 아이들을 위해 수업을 적극적으로 설계하고 사랑과 열정은 담아 실천했던 수업이다. 즉 교사 교육과정의 목표와 중점 교육활동과 관련한 수업을 오래도록 기억했다. 이러한 수업은 아이들의 앎과 삶에 깊이 각인되어 있었다. 그것은 교사도 마찬가지다. 한 해를 되돌아보며 남이 만들어준 자료를 사용했던 것은 기억에 남아 있지 않다. 내 것이 되지 못한다.

부족하고 어설프지만 내 손으로 직접 만들고 다듬고 때론 성공하기도 하고 때론 실패하기도 했던, 나만의 것이 나의 기억과 실력에 쌓여 있었다.

한 해를 되돌아보는 반성회는 학교 교육과정과 더불어 철저히 교사 교육과정에 대한 성찰을 함께해야 한다. 그래야 성장이 있다. 비록 느리더라도 발전한다. 진정 나의 교사 교육과정이라 자신 있게 세상에 내놓을 수 있을 만한 것은 이러한 과정을 거쳐 만들어진다.

[차기 연도 교사 교육과정 편성을 위한 설문 내용]

[학부모 대상 학년(급)별 선택 질문 중 일부 발췌]

14. 3학년은 올 한 해 동안 행복한 배움이 있는 수업에 중점을 두어 운영하였습니다. 행복한 배움이 있는 수업은 학생들이 친구들과 협동하는 과정에서 주도적으로 수업에 참여하고 문제를 해결해 나가는 것입니다. 한 해 동안 잘 이루어졌다고 생각하시나요?

   ① 매우 잘함   ② 잘함   ③ 보통   ④ 부족   ⑤ 매우 부족

15. 3학년은 아이들의 바른 인성 함양과 긍정적인 삶의 변화를 위해 행복교과서를 활용하여 삶과 연계된 학습이 될 수 있도록 노력을 하였습니다. 한 해 동안 잘 이루어졌다고 생각하시나요?

   ① 매우 잘함   ② 잘함   ③ 보통   ④ 부족   ⑤ 매우 부족

16. 3학년은 우리 고장에 대한 이해를 높이기 위한 방향으로 아이들을 교육하기 위해 프로젝트 학습을 통해 직접 조사와 답사활동을 하였습니다. 한 해 동안 잘 이루어졌다고 생각하시나요?

   ① 매우 잘함   ② 잘함   ③ 보통   ④ 부족   ⑤ 매우 부족

17. 올 한 해 동안 우리 아이가 가장 많이 배우고 성장했다고 느껴지는 것은 무엇인지 써 주세요.

18. 한해동안 학급에서 이루어진 교육활동 중 가장 좋았던 것을 써 주세요.

19. 올 한해 교실에서 이루어진 교육활동에 대한 자유로운 의견을 써주세요.

〈참고문헌〉

에듀쿠스(2018). 교사 수준 교육과정: 북랩.

유영식(2018). 교육과정 문해력: 즐거운 학교.

정창규, 강대일(2016). 평가란 무엇인가?: 에듀니티.

김현우(2019). 학교 교육과정을 DIY하라: 하움.

김현우(2019). 아이 스스로 초등 자치 프로젝트: 하움.

교육부(2016). 과정을 중시하는 수행평가, 어떻게 할까요?

교육부(2016). 2015 개정 교육과정 총론 해설.

교육부(2018), 시·도교육청 교육과정 지침 개발 방향 연구.

경기도교육청(2017). 교육과정 문해력 이해자료.

경상남도교육청(2017). 앎과 삶이 하나되는 교육과정이야기.

경상남도교육청(2019). 2020. 초등학교 교육과정 편성·운영 도움자료.

이홍우(2006). 교육의 목적과 난점: 교육과학사.

정광순(2012), 교사의 교육과정에 대한 문해력.

존듀이(2015). 흥미와 노력 그 교육적 의의: 교우사

최무연(2018). 교육과정 문해력, 배움을 디자인하다,

한형식(2017). 수업 기술의 법칙: 즐거운 학교.

한국교육개발원(2015). 교원의 능력개발을 위한 전문적 학습공동체 운영 방안.

모든 아이들을 위해

모든 교사를 위해

보다 나은 교육을 위해

선생님의 교사 교육과정을 응원합니다.

감사합니다.

교사 교육과정을 DIY 하라

지 은 이 김현우

1판 1쇄 발행 2020년 03월 23일

저작권자 김현우

발 행 처 하움출판사
발 행 인 문현광
편   집 오현정
주   소 전라북도 군산시 축동안3길 20, 2층 하움출판사
I S B N 979-11-6440-127-7

홈페이지 http://haum.kr/
이 메 일 haum1000@naver.com

좋은 책을 만들겠습니다.
하움출판사는 독자 여러분의 의견에 항상 귀 기울이고 있습니다.
이 도서의 국립중앙도서관 출판예정도서목록(CIP)은 서지정보유통지원시스템 홈페이지(http://seoji.nl.go.kr)와
국가자료종합목록 구축시스템(http://kolis-net.nl.go.kr)에서 이용하실 수 있습니다. (CIP제어번호 : CIP2020009318)